역사는 유물을 낳고
유물은 역사를 증언한다

2023년 초겨울

유홍준

국토박물관 순례
2

국토박물관 순례 2

백제、신라 그리고 비화가야

유홍준 지음

창비

백제와 신라, 그리고
비화가야를 답사하며

『나의 문화유산답사기』가 진화하여 새롭게 출발한 『국토박물관 순례』의 두 번째 책은 백제, 고신라, 그리고 가야 중 비화가야 답사로 이어졌다.

백제 답사기는 이미 『답사기』 3권의 '회상의 백제행'과 6권 '내 고향 부여 이야기'에서 충분히 다루어 거의 여백이 없는 것 같지만, 기존 『답사기』 출간 이후에 발견된 부여 능산리의 능사(陵寺) 터와 여기서 발견된 백제금동대향로의 아름다움이 다각도로 조명되고 있어 이를 집중적으로 소개했다. 이 글을 통해 나는 백제의 역사 서술을 6세기 성왕과 위덕왕 때 이룩한 문화적 전성기를 기억하는 방향으로 크게 전환할 필요가 있음을 역설했다.

그리고 '낙화암 삼천궁녀'라는 허황된 전설로 왜곡된 백제 멸망의 이미지를 바로잡고자, 의자왕이 당나라에 끌려갈 때 백성들이 왕이 떠나는 것을 만류하며 머물기를 바랐다는 백마강의 유왕산(留王山)을 답사했다. 여기서는 이 고장에 전해지는 백제의 노래 「산유화가(山有花歌)」를 소개하고 백제의 마지막 역사를 되새겼다. 아울러 아름다운 백마강변의 유서 깊은 유적인 부산서원과 대재각을 답사하며 백제 이후의 부여를 소개했다.

신라의 역사는 고신라와 통일신라로 나뉘는데, 고신라시대의 상징적인 유적은 경주 시내 대릉원 일원에 분포한 신비롭고 거대한 신라 고분이다. 일련번호 155호에 달하는 이 고분군의 분포 양상과 발굴 과정, 그리고 여기서 출토된 6개의 금관을 비롯한 부장품들의 예술성과 역사성을 종합적으로 조명했다. 이 신라 고분 발굴기는 그 자체가 마립간 시기(약 350~600년) 고신라의 역사이면서 동시에 우리 현대사의 한 장면이기도 하다.

근래에 들어 때마침 금관총, 금령총, 서봉총 등이 재발굴되면서 적지 않은 새로운 사실을 알게 되었고, 최근 금관총 발굴 100주년, 천마총 발굴 50주년 기념 행사로 그간의 연구 성과를 종합하는 학술대회들이 열려 새롭고 풍성한 정보를 독자들에게 전할 수 있게 되었다. 그동안 『답사기』에서 미뤄둔 것이 오히려 전화위복이 되었다는 생각까지 갖게 된다. 독자 여러분은 이를 통해 고고학이 얼마나 중요하고 멋진 학문인지 실감할 수 있을 것이다.

가야 유적은 그동안 『답사기』에서 단 한 곳도 다룬 적이 없었다. 유적들이 계속 발굴 중이었고 학술적으로도 새롭게 조명되면서 기다려온 것인데, 올해(2023) 일곱 지역의 가야 고분이 유네스코 세계유산에 등재되는 획기적인 성과를 얻어 이제 심기일전으로 답사기에 임할 수 있게 되었다.

가야 유적 중에는 대개 김해의 금관가야와 고령의 대가야가 집중 조명되고 있지만 가야의 범위가 결코 좁지 않다는 것을 보여주기 위해 여기서는 가야 답사기의 프롤로그 격으로 비화가야 창녕 답사기를 실었다. 김해·고령 등 본격적인 가야의 답사기는 『국토박물관 순례』 3권에서 이어질 것이다. 독자 여러분의 변함 없는 관심과 성원을 부탁드린다.

2023년 11월
유홍준

차례

일러두기

1. 이 책에 사용된 기호는 다음과 같다.
   〈 〉: 그림, 글씨, 조각 등의 작품 제목
   《 》: 화첩 제목
   「 」: 글, 시, 노래 등의 작품 제목
   『 』: 책 제목

2. 2021년 11월부터 문화재 등급과 이름만 표기하고 문화재 지정번호를 붙이지 않는 방침이 시행 중이지만, 독자들이 오랜 관행에 익숙해 있는데다 문화재 관리번호는 특정한 유물을 지칭하는 고유번호의 성격을 갖고 있기 때문에 이 책에는 번호를 표기했다.

백
제
1
──
능산리 백제왕릉과 능사
──

백제문화의 꽃,
백제금동대향로

유홍준과 함께하는 부여 답사

내가 15년 전 시골에 작은 집을 마련하고 일주일에 닷새는 도
시, 이틀은 시골에서 보내는 5도 2촌을 시작할 때 부여군 외산면
반교리에 터를 잡은 여러 이유 중 하나에는 '마지막 신라인' 윤경
렬 선생이 신라문화를 안내하며 평생을 살았듯 나도 백제의 아름
다움을 세상 사람들에게 알리며 노년을 보내겠다는 뜻이 있었다.
이후 부여군이 주최하고 부여문화원이 주관하는 '유홍준과 함께
하는 부여 답사'를 봄가을로 매년 네 차례씩 진행해온 지 어느새
10년이 넘어 50회에 이르렀다.

나의 부여 답사는 일주일 전 부여군 '부여문화관광' 홈페이지
에서 인터넷으로 접수하고, 답사 당일 아침 10시까지 신청자들

성주산
성주사지
만수산
무량사
외산면
주암리 은행나무
아미산
반교리 돌담길
내산면
월명산
구룡면
반산 저수지
규암면
한국전통문화대학교
호암사지
백제문화단지
왕흥사지
청마산성
부소산성
정림사지
나성
부여 왕릉원과 능사
궁남지
송국리 유
석성면
부여읍
청양군
보령시
부여군
장암면
장하리 삼층석탑
비홍산
흥산면
옥산 저수지
흥산관아
남면
성흥산
대조사와 가림성
임천면
세도면
반조원
옥산면
충화면
서천군
양화면
유왕산
나바위성당
익산시
금강

이 개별적으로 정림사지 주차장에 집결하면 나의 인솔과 해설을 받으며 부여의 유적지들을 두루 답사한 뒤 오후 5시에 다시 정림사지 주차장으로 돌아와 끝나는 당일 답사다. 초창기엔 버스 2대 80명이었으나, 요즘은 인솔하기 버거워서 버스 1대 40명으로 인원을 제한하고 있다.

답사 코스는 정림사지 오층석탑과 국립부여박물관만이 기본이고 매번 다르다. 서쪽으로는 만수산 무량사, 반교마을 돌담길, 홍산 관아, 남쪽으로는 임천의 대조사와 장하리 석탑, 동쪽으로는 송국리 청동기시대 유적지와 능산리 백제왕릉 등이 주요 답사처다. 때로는 부여군을 벗어나 보령의 성주사지, 논산의 관촉사, 공주의 무령왕릉과 공산성, 서천 비인의 오층석탑, 익산 나바위 성당까지 다녀오기도 한다.

부여군이 지역 홍보 프로그램으로 삼고 있어 전국 각지에서 참가자들이 모여든다. 멀리서 온 정성을 생각해서 "가장 멀리서 왔다고 생각하시는 분?" 하고 물어보면 "대전, 전주" 하고 자신있게 손을 드는데, "울산, 목포" 하고 나오면 멋쩍은 듯 손을 내린다. 그런데 한번은 큰 소리로 "제주도요" 하는 바람에 모두들 놀라서 박수까지 쳤다. 그런데 '인생도처유상수'라더니 "시카고요" 하는 대답도 나와 크게 웃으며 환영했다. 호주로 이민을 가 시드니에서 왔다는 교포도 있었고 텍사스에서 뇌과학을 전공하고 있다는

| **부여 답사 지도** | 나의 부여 답사는 백제의 역사적 긍지를 자랑하는 애향심에 다름 아니다.

한국계 미국인 학생도 있었다.

외국에서 백제를 알기 위해 답사 온 분들의 공통점은 국내에 있을 때는 잘 몰랐는데 외국에 나가니 절로 애국자, 거창하게는 민족주의자가 되었다는 것이다. 국내에 있을 때는 자기 문화를 비하하기도 하지만 외국에 나가면 민족문화를 강변하게 된다고들 한다. 그러면서 똑같이 하는 말이 그런 식으로 문화적 자존심이 거의 본능적으로 발동하지만 정작 우리 문화, 특히 백제에 대해 잘 모르기 때문에 책을 읽고 찾아왔다고 한다.

요즘은 아예 지역별로 모두 어디서 왔는지 물어보고 동향 분들끼리 유적지를 배경으로 사진을 찍게도 해준다. 한번은 서울, 경기, 강원, 충청, 전라, 경상, 제주 순으로 팔도를 나열해도 손을 들지 않는 분이 있어서 어디서 오셨느냐고 물으니 "인천요"라고 대답하는 것이다. 아! 그렇다. 부산, 대구 사람들은 자신들이 당연히 경상도 사람이라는 의식을 갖고 살지만 인천 사람들은 한번도 자신을 경기도 사람이라고 생각해본 적이 없다.

또 한번은 뒤에서 4명이 자기 지역은 부르지 않았다는 듯이 손을 흔들고 있었다. 그래서 이번에도 인천이나 해외에서 온 분이 있나 싶어 "어디서 오셨어요?" 하고 물었더니 일제히 큰 소리로 대답했다.

"세종특별자치시요!"

이 모두가 자기 고장에 대한 자부심 내지 애향심의 표현이다. 나의 부여 답사 또한 백제의 역사를 자랑하는 애향심에 다름 아니다.

유네스코 세계유산 백제역사유적지구

2023년 9월 23일 제50회 부여 답사는 50회라고 특별히 기획한 것은 없었지만 마침 국립부여박물관에서 백제금동대향로 발견 30주년 기념 특별전을 개막하는 날이어서 답사 주제를 여기에 맞추었다. 오전은 향로가 발견된 부여 왕릉원의 능사를 답사하고 오후에는 백마강의 아름다움과 역사의 향기를 발하는 대재각과 유왕산을 답사한 뒤 국립부여박물관에서 마무리했다. 당일 답사객들에게 나눠준 일정표는 다음과 같다.

9:30~10:00　정림사지 주차장 집결

10:00~10:30　정림사지 오층석탑

10:50~11:50　부여 왕릉원 및 나성 답사

12:00~12:40　점심(구드래 향우정)

13:00~14:00　부산서원 및 대재각

14:30~15:15　유왕산(「산유화가」 시연)

15:45~16:00　백제금동대향로 특별전 관람

16:00~16:45　국립부여박물관 관람

　　　~17:00　정림사지 주차장 해산

나의 부여 답사는 무조건 10시 정각에 출발한다. 그날 부여 문화원 이미영 팀장은 인원 체크를 하면서 서울에서 오는 한 팀 3명이 차가 막혀 15분쯤 늦는다고 연락해와서 나중에 합류하도록 조치해놓았다며 그냥 출발해도 좋다고 했다. 우리는 시간을 절약하기 위하여 정림사지 입구까지 버스로 이동하고 곧바로 오층석탑 앞에 모였다.

정림사지 오층석탑은 언제 어느 때 보아도 우아한 자태로 우리를 맞이한다. 책에서 사진으로 볼 때는 왜소한 인상을 주지만 실물은 키가 훤칠하고 5층의 체감율이 단아한 비례감을 자아내어 백제 미술의 우아한 아름다움을 유감없이 보여준다.

정림사지 오층석탑은 백제의 마지막 왕도 사비성의 존재를 증언해주는 가장 확실한 유물이자 백제의 아름다움을 실물로 보여주는 대표적인 문화유산이다. 다시 말해서 정림사지 오층석탑이 있기에 부여가 고도로서 존재감을 갖고 백제의 미학이 살아나는 것이다.

정림사지는 터만 복원되었기 때문에 시내의 건물들이 바로 곁에 있어 주변 환경이 어수선하다. 그래서 부여군에서는 정림사지 오층석탑이 가장 아름답게 보이는 자리에 '사진 잘 나오는 곳'이라는 표지석을 세워두면서 다음과 같이 설명하고 있다.

잃어버린 백제를 홀로 지키며…

| **정림사지 오층석탑 앞에서** | 언제나 그랬듯이 제50회 부여 답사 때도 백제 미술의 우아한 아름다움을 유감없이 보여주는 정림사지 오층석탑 앞에서 답사객들과 기념사진을 찍었다.

     배경: 아침안개에 드러내는 장중함
           저녁노을에 드리우는 균형미

  그리고 부연 설명하기를 "인물: 탑 옆에서(관람하며)"라고 친절하게 안내한다. 이는 매우 중요한 관람 포인트다. 이 탑은 무조건 탑을 바라보며 관람하는 인물과 함께 찍어야 사진이 제대로 나온다. 그래야 실물 크기가 확실히 나타나기 때문이다.
  우리는 표지석의 지시대로 각자 사진을 찍으며 탑돌이를 하듯 감상하고는 언제나 그랬듯이 여기서 단체 사진을 찍고 부여 왕릉원을 향해 떠났다.

능산리 고분군에서 부여 왕릉원으로

한때 능산리 고분군이라고 불리던 부여 왕릉원은 부여 시내를 둘러싼 나성(羅城)의 동쪽 바깥 산비탈에 자리 잡고 있다. 부여 읍내(정림사지 주차장)에서 버스로 15분 정도 논산 방향(동쪽)으로 가다보면 대로변 왼쪽 산자락이 바로 나타난다.

답사 버스가 출발하면서 여느 때와 마찬가지로 부여문화원 김인권 사무국장이 마이크를 잡고 백제 이후 오늘에 이르기까지 부여의 역사와 인구, 행정구역과 특산물 등 한마디로 '부여 개론'을 해설했는데, 전에 없이 부여 문화유산에 대한 자부심을 강조하며 이렇게 말했다.

"2015년에 유네스코 세계유산으로 등재된 백제역사유적지구는 모두 8곳인데 그중 부여에 4곳이 있습니다. 공주에 공산성과 무령왕릉 2곳이 있고, 익산에 미륵사지와 왕궁리 유적 2곳이 있는데 부여에는 정림사지, 관북리 유적과 부소산성, 나성, 능산리 부여 왕릉원 4곳입니다. 그런데 이번 답사는 특별히 이 4곳을 모두 다녀오는 코스로 짜여 있습니다. 유네스코 세계유산 4곳을 하루에 다 구경한다는 것은 보통 귀한 일이 아니겠지요."

| 숭목전 | 2015년 부여군은 부여 왕릉원에 백제의 시조 온조왕을 비롯해 사비시대의 여섯 왕(성왕·위덕왕·혜왕·법왕·무왕·의자왕)의 위패를 모신 제향 공간인 숭목전을 조성했다.

  해설을 듣고 나니 그동안 내가 유네스코 세계유산이 지니고 있는 권위를 잘 활용하지 못했다는 생각이 들었다. 능산리 부여 왕릉원 주차장에는 유네스코 세계유산 상징물이 자랑스러움을 뽐내며 세워져 있고, 왕릉의 제향공간으로 제법 큰 규모의 재실 건물인 숭목전(崇穆殿)이 새로 들어서서 여기가 그냥 고분군이 아니고 '왕릉원'임을 확실히 내비치고 있다.

  내가 25년 전 『나의 문화유산답사기』 3권(1997)에서 능산리 고분군의 쓸쓸함을 스스로 위로하며—사실은 안타까워서—했던 말이 생각난다.

| **부여 왕릉원** | 한때 능산리 고분군이라고 불리던 부여 왕릉원은 부여 시내를 둘러싼 나성의 동쪽 바깥 산비탈에 자리 잡고 있다. 중앙 고분군의 일곱 무덤이 보인다.

언젠가 때가 되면 나성과 능사 절터와 고분 모형관과 고분군을 한데 묶어 능산리 사적공원을 만들게 될 것이고, 그때 가서 우리는 더 이상 부여에 대한 허망을 말하지 않아도 좋을지 모른다.

　유네스코 세계유산 등재 신청 당시의 명칭도 '부여 능산리 고분군'이었다. 그러다 2021년부터는 고분군 서쪽에 있는 능사(陵寺) 절터까지 유적 영역이 넓어지면서 '부여 왕릉원'으로 또 바뀌었다는 사실도 이번에 새삼 알게 되었다.

능산리 고분군

버스에서 내리면서 우리는 곧장 고분군을 향해 걸어 들어갔다. 앞장서서 답사객을 인솔한 김 국장은 멀리 왕릉이 보이는 자리에 멈춰 서서 답사객들을 그 앞으로 다 모이게 해놓고 나를 기다리고 있었다. 거기에서 보면 비탈진 넓은 잔디밭 위로 가운데에 감나무 한 그루만 있을 뿐 모든 것이 고분을 향하여 열려 있다. 다소곳이 줄지어 있는 능선이 리드미컬한 라인을 이루며 정겨운 모습으로 다가온다. 본래는 7기가 겹쳐 보이지만 지금은 4호와 5호 무덤이 발굴 중이어서 5기만 보인다.

능산리 주위에서는 총 18기의 무덤이 확인되었다. 지금 우리 앞에 있는 중앙고분군에 8기가 있고, 오른쪽 산자락에 6기의 동(東)고분군이 마을 속에 들어가 있고, 왼쪽 서(西)고분군에 4기가 모여 있다. 중앙고분군 중에는 왕릉이 있을 것으로 추정된다. 그런데 사비시대 백제의 왕은 성왕-위덕왕-혜왕-법왕-무왕-의자왕 등 모두 6명밖에 없는데다 그중 무왕의 능은 익산에 있고, 의자왕은 중국으로 끌려가 낙양 북망산에 묻혔으니 4명만 남게 된다. 그렇다면 여기에는 왕뿐 아니라 왕족 중 중요한 분의 무덤도 있다고 생각할 수밖에 없다.

제50회 답사에는 유난히 초등학생과 중학생을 데려온 학부모들이 많이 참여하여 여느 때와는 사뭇 분위기가 다르게 교육적이면서 가족적이었다. 나는 학생들을 위해 백제 역사 근 700년(정

| **답사, 역사 공부의 현장** | 답사에 학생들이 많이 참여하면 여느 때와는 사뭇 다르게 교육적인 분위기가 감돈다. 학생들을 위해 일부러 교과서적 지식을 상기시켜주는 역사 이야기를 곁들이기 때문이다.

확히는 678년)간 수도가 한성(서울), 웅진(공주), 사비(부여)로 옮겨 간 교과서적 지식을 상기시켜주었다.

기원전 18년에 온조가 한성 위례성(서울 풍납토성)을 첫 도읍지로 삼은 뒤 475년에 개로왕이 고구려와의 싸움에서 죽임을 당한 뒤 문주왕이 급히 피난하여 금강 건너 남쪽 웅진(熊津, 고마나루, 공주)으로 천도하고, 이후 무령왕이 나라를 안정시키자 그의 아들 성왕이 538년 남쪽으로 넓은 평야가 내다보이는 사비(泗沘, 소부리, 부여)로 천도했다가 660년에 나당연합군에게 멸망당했다. 이렇게 설명하고 모두들 나를 따라하라고 했다.

| 무덤 구조의 변화 | 1 서울 석촌동 돌무지무덤(근초고왕릉) 2 공주 송산리 벽돌무덤(무령왕릉) 3 부여 능산리 돌방무덤(동하총, 전 위덕왕릉)

"한성백제 5백년(493년)"
"웅진백제 60년(63년)"
"사비백제 120년(122년)"

학생들은 학교에서 수업받는 대로 따라한 것 같은데 학부모들은 학생 시절로 돌아가는 기분에 신났던지 아주 큰 소리로 따라했다. 그때 가만히 듣자 하니 한쪽에서 나이 든 답사객 두 분이 낮은말로 "한성 백제가 5백 년이나 되었다네" "그러게 말야, 공주 부여 합쳐도 한성 백제의 반도 안 되네" 하며 속삭이고 있었다. 이는 우리가 무의식적으로 갖고 있는 백제의 역사상이 잘못되어 있음을 말해준다.

이어서 나는 백제가 두 차례 천도한 것을 가장 잘 보여주는 것이 왕릉 구조의 변화임을 설명했다. 인간의 관습 중 가장 보수적인 것이 장례풍습으로, 장례풍습이 바뀌었다는 것은 문화가 새롭게 바뀌었음을 말해준다고 해설하고 또 모두들 따라서 복창하게 했다.

서울 석촌동 돌무지무덤, 근초고왕릉
공주 송산리 벽돌무덤, 무령왕릉
부여 능산리 돌방무덤, 성왕릉, 위덕왕릉

| 동하총 | 벽화가 그려진 돌방무덤으로, 위덕왕의 무덤으로 추정되고 있다. 한때 일반인에게 개방하기도 했으나 현재는 보존을 위해 폐쇄하고 실물 크기의 모형을 따로 만들어놓았다.

학부모들은 돌무지무덤을 적석분, 벽돌무덤을 전축분, 돌방무덤을 석실분으로 배웠겠지만 나는 요즘 학생들이 학교에서 접할 용어들로 강의했다.

백제왕릉 일곱 무덤

능산리 고분군 7기는 일제강점기인 1915년에 발굴했는데 이미 그 이전에 도굴되어 무덤 안에서는 목관의 파편과 장식 금속품 일부밖에 발견하지 못했다고 한다. 나당연합군이 사비성을 점령하고 약탈할 때 도굴의 대상이 되었을 것으로 추정하기도 한

| **동하총 벽화** | 동하총 벽화에서는 연꽃, 사신도, 구름 등의 문양이 발견되었는데, 이는 고구려의 벽화 양식을 연상케 한다.

다. 모두 돌방무덤이라는 사실만 확인되어 『조선고적도보(朝鮮古跡圖譜)』에 그 사진이 실려 있다.

고분 중 아랫줄 정가운데에 있는 중하총(中下塚, 2호분)은 가장 규모가 크고, 천장이 아치형으로 되어 있어 그 구조가 공주 무령왕릉과 똑같다. 다만 벽돌무덤에서 돌방무덤으로 바뀐 것이 다를 뿐이다. 이 때문에 중하총이 성왕의 능으로 추정되고 있다.

그리고 바로 곁에 있는 동하총(東下塚, 1호분)은 돌방무덤에 고구려 고분벽화의 연꽃무늬를 연상케 하는 벽화가 그려져 있어 고구려와 외교적 친선을 유지한 위덕왕의 무덤으로 여겨지고 있다. 이따가 능사 쪽으로 이동하면 야외전시장에 실물 크기의 돌방무덤 모형이 만들어져 있어 안에 들어가볼 수 있다.

이외에 사비시대 백제왕으로는 혜왕과 법왕이 있었는데 모두 재위 기간이 1년 남짓에 불과하기 때문에 존재감이 없어 거론의 대상이 되지 못하고 있다.

능산리 고분군의 중하총과 동하총이 왕릉이라고 적극적으로 뒷받침해줄 수 있는 물증은 없었다. 그러다 1993년 고분군과 나성 사이의 넓은 터에서 백제금동대향로가 발견된 것을 계기로 이 일대를 발굴한 결과 왕릉을 지키는 사찰로 능사(陵寺)가 있었음이 밝혀졌다. 이후 여기가 명실공히 '부여 왕릉원'이 된 것이다.

백제 성왕

언제나 그랬듯이 나는 답사객들을 잔디밭에 앉혀놓고 멀리 백제 왕릉의 평온한 풍광을 바라보게 하고는 성왕과 위덕왕 시대에 대한 나의 긴 역사 이야기를 들려주었다. 성왕은 사후에 성스러울 성(聖)자, 성왕이라는 시호로 받들어질 정도로 성군이었다. 부여 시내 중심 도로 이름이 성왕로이고, 구드래 나루터로 가는 로터리에는 성왕 동상이 세워져 있을 정도로 지금도 존숭받고 있다.

성왕은 523년에 즉위한 뒤 부왕인 무령왕이 닦아놓은 국력과 왕권을 더욱 강화하여 안으로는 나라를 안정된 기반 위에 올려놓았고 밖으로는 중국의 양(梁)나라와 일본과 긴밀히 교류하면서 백제문화의 수준을 높이 향상시켰다.

| **성왕(왼쪽)과 계백(오른쪽)** | 부여 구드래 나루터로 가는 로터리에는 성왕의 동상이 있으며 군청 앞 로터리에는 조각가 김세중이 제작한 계백 장군의 동상이 있다.

양나라로부터는 모시박사(毛詩博士, 학자)·공장(工匠, 장인)·화공 (畵工, 화가) 등을 초빙했고, 승려 겸익(謙益)이 인도에서 산스크리 트어로 된 5부율(五部律)을 가지고 오자 고승들을 불러 모아 이를 번역하게 했다. 그리고 노리사치계(怒唎斯致契)에게 불상과 불경 을 가지고 일본으로 건너가서 불교를 전파하게 했다.

538년, 성왕은 웅진에서 사비로 천도했다. 백제의 웅진 천도는 전란으로 급히 피난해 내려오면서 금강을 건너자마자 공산성을 쌓고 자리 잡은 것이라, 웅진은 임시수도 성격이 강했다. 그래서 성왕은 국토 경영 차원에서 구룡벌·연산벌·논산벌·익산벌에 김제평야·만경평야까지 드넓은 평야가 펼쳐지는 곳에 위치한 부여로 천도한 것이다.

천도 이후에는 백마강과 부소산을 기준으로 하여 수도 사비에 나성을 둘러쌓고 상·하·전·후·중 5부로 구획했다. 관리의 품계는 1품 좌평(佐平)부터 16품 극우(剋虞)까지로, 국가 사무는 내관 12부와 외관 10부로 이루어진 22부제로 정비했으며 국호를 일시 남부여(南扶餘)라 하며 민족의 뿌리가 부여족임을 명확히 했다.

이렇게 제도를 정비하고, 나라의 안정을 되찾은 성왕은 551년, 고구려에게 빼앗긴 한강 유역을 탈환하기 위하여 신라와 나제동맹을 맺고 신라군·가야군과 연합군을 형성하여 고구려로 쳐들어갔다. 이때 고구려는 북쪽에서 침략해오는 돌궐을 방비하기 위해 군사력이 그쪽으로 집중되어 남쪽의 방비가 상대적으로 허술했다. 바로 그 틈을 타 공격하여 백제는 한강 하류 6군을 회복했고, 신라는 한강 상류 10군을 차지하게 되었다. 그런데 여기서 예기치 못한 일이 일어났다. 여기까지 말하자 뒤에 서 있던 학부모 한 분이 속엣말로 말하는 것이 입술 움직임에 그대로 나타났다.

"배신!"

그렇다. 신라 진흥왕이 배반했다는 것이 정설로 되어 있다. 지금까지 모든 중등 역사 교과서에 이렇게 나와 있다. 그러나 이는 역사상 큰 미스터리다. 당시 이제 막 섭정에서 벗어난 19세의 신라의 진흥왕이 배신하여 백제를 공격했다든지 한강 유역을 두고 백제와 신라가 싸웠다는 기록은 어디에도 없다. 『일본서기』에서는 백제가 포기했다며 이렇게 기록되어 있다.

(552년) 백제가 한성과 평양을 버렸다. 이에 신라가 한성에 들어가 살았다.

『삼국사기』에서도 신라가 침략했다 또는 공격했다가 아니라 그냥 차지했다고 나온다. 또 『삼국사기』에서는 553년 10월 백제 성왕이 딸을 신라 진흥왕에게 시집보냈다고 했다. 그런데 이듬해 (554년) 관산성(管山城) 전투가 벌어졌다. 그 이유도 미스터리다. 무슨 이유인지는 몰라도 백제는 신라에 보복할 일이 있었던 모양이다. 결과적으로 이 관산성 전투에서 성왕이 전사했기 때문에 그때 나제동맹이 깨진 것은 확실하다.

성왕의 비극적인 최후

성왕의 태자는 훗날 위덕왕이 되는 여창(餘昌)이었다. 여창은 한강 유역 탈환 때 북벌군을 진두지휘하여 『일본서기』 553년 10월 조에는 "백제 왕자 여창이 고구려군과 싸워 이기다"라고 기록되어 있다.

기세가 오른 태자 여창은 신라 정벌을 강하게 주장했다. 여창은 그때 나이 28세로 호전적인 성격의 혈기왕성한 청년이었다. 그래서 노대신들이 신라 침공을 만류하고 나오자 여창은 "나이가 들어서 그런가. 어찌 그리 겁들이 많은가."라며 호기있게 밀어붙였다고 한다. 결국 이듬해(554) 7월 여창은 성왕의 결심을 받아내어 군대를 이끌고 관산성 공략에 나섰다. 관산성은 오늘날 충청북도 옥천군 어디쯤으로 추정되고 있다.

그러자 아버지 성왕은 태자의 전투를 독려하기 위해 근위대 50명만 대동하고 밤길을 달려가다가 미리 정보를 알아낸 신라군의 급습으로 포로로 끌려갔다. 『삼국사기』 신라 진흥왕 15년 (554) 조에 그 과정이 상세히 나와 있다.

7월 백제 왕이 가야와 함께 와서 관산성을 공격하여 (…) 김무력(金武力, 김유신의 할아버지)이 이끄는 이들과 교전하였는데, 비장(裨將)인 고간도도(高干都刀)가 급히 공격하여 성왕을 죽였다. 이때 모든 군사들이 승세를 타고 싸워 대승하였다. 이 싸움에서 좌평 4명과 연합군 병사 29,600명을 참하여, 말 한 마리도 살아서 돌아가지 못하게 하였다.

그리고 성왕이 죽음을 맞는 과정이 『일본서기』 「흠명기」 554년 12월 조에 다음과 같이 나와 있다.

신라는 성왕이 직접 왔음을 듣고 나라 안의 모든 군사를 내어 길을 끊고 격파하였다. 얼마 후 고간도도가 성왕을 사로잡아 두 번 절하고 "왕의 머리를 베겠습니다"라고 하였다. 이에 성왕은 "왕의 머리를 노(奴)의 손에 줄 수 없다"고 하니, 고간도도가 "우리나라의 법에는 맹세한 것을 어기면 비록 국왕이라 하더라도 노(奴)의 손에 죽습니다"라 하였다.

이에 성왕이 하늘을 우러러 크게 탄식하고는 "구차히 살 수는 없다"라며 머리를 내밀고 참수당했다. 고간도도는 머리를 베어 죽이고 구덩이에 파묻었다. 〔다른 책에는 "신라가 성왕의 머리뼈는 남겨두고 나머지 뼈를 백제에 예를 갖춰 보냈다. 지금 신라왕이 성왕의 뼈를 북청(北廳, 도당都堂) 계단 아래에 묻어놓았다(밟고 다니게 하였다)"는 기록도 있다.〕

이 사건으로 백제에게 신라는 원한에 사무친 불구대천의 원수가 되었다. 훗날 의자왕이 신라를 쳐들어가 대야성(합천)까지 함락시킨 명분은 성왕의 비극적인 죽음에 대한 복수였던 것이다.

'불효자' 위덕왕의 등극

성왕의 뒤를 이어 태자 여창이 왕에 오르니 그가 백제 27대 위덕왕(재위 554~598)이다. 위덕왕은 생전엔 창왕(昌王)이라 불리었고 사후엔 위덕이라는 시호를 받았다. 왕위에 오른 창왕의 첫 임무는 무엇보다도 예를 다하여 부왕의 시신을 모시는 능을 조성하는 것이었다. 이에 부여 나성 동쪽 바깥 동그만 산자락에 튼실한 돌방무덤을 만들고 성왕의 시신을 안치했다.

무령왕릉의 예를 보면 많은 부장품이 들어 있었을 것이라고 기대되었지만 일찍이 도굴되고 지금은 그곳에 봉분만이 자리를 지키고 있다. 능산리 백제왕릉 7기 중에서 중하총이라 불리는 아랫줄 정가운데 능을 성왕릉으로 비정(比定)하는 것은 이 때문이다. 그리고 바로 동쪽 곁에 있는 동하총은 '불효자' 위덕왕이 사죄하는 마음으로 아버지 곁에 묻힌 것으로 생각되고 있다.

창왕은 황망한 중에 할 수 없이 왕위에 올라 이처럼 선왕의 능을 조성하고 또 곁에 능사를 건립했으나 세상에 얼굴을 들 면목이 없었다. 자신의 고집으로 인해 부왕이 불행한 최후를 맞이했고 관산성 전투에서 수많은 군사들이 죽었다는 죄책감에 시달렸다. 그래서 이듬해(555) 8월, 신하들에게 출가수도의 뜻을 밝혔다. 명목은 부왕의 명복을 빌기 위한 자식의 도리에서였지만 한편으로는 패전의 책임이 덧씌워진 불리한 정국을 돌파하기 위한 정치적 승부수였던 것으로 보인다. 그러자 지난번에 관산성 전투를 만류했던 노대신이 다시 만류하며 이렇게 말했다.

무릇 우리나라(백제)가 고구려, 신라와 다투어 서로 죽기 살기로 싸우는 것이 나라를 연 이후 지금까지 계속되고 있는데, 지금 이 나라의 종묘사직을 장차 어느 나라에게 넘겨주려 하십니까. 만약 이 늙은이의 말을 들었다면 어찌 이 지경에 이르렀겠습니까. 바라건대 앞의 잘못을 뉘우치고서 속세를 떠나는 수고로움은 하지 마십시오. 굳이 그렇게 하기를 원하신다면 일반 백성들을 출가시키는 것이 마땅한 줄로 압니다.

이에 창왕은 자신을 대신하여 백성 100명을 출가시켜 부처님을 받들게 하고 자신은 왕위를 이어갔다. 젊은 시절의 패기로 엄청난 실수를 했던 경험이 그를 크게 성장시켰던지 이후 창왕은 45년간의 치세 동안에 백제문화를 꽃피워 사실상 문화적 전성기를 이룩하게 된다. 그 대표적인 예의 하나가 능사에서 출토된 백제금동대향로이다. 나는 답사객들을 능사 터로 가게 했다.

능산리 중앙고분군에서 능사로 향하자면 자연히 능산리 서고분군 옆을 지나게 되는데, 거기에는 근래에 조성된 의자왕과 부여융(의자왕의 태자)의 가묘가 모셔져 있어 중국으로 끌려가 끝내 돌아오지 못하고 낙양 북망산에 묻힌 비운의 마지막 왕과 왕자의 쓸쓸한 삶을 생각하게 한다. 그리고 산자락을 내려가면 능사 빈터가 넓게 펼쳐진다.

능사의 발견 과정

역사상 왕릉 곁에 능을 지키는 능사를 지은 예는 여럿 있다. 평양에는 고구려 동명왕릉의 능사로 정릉사(定陵寺) 터가 남아 있다. 조선시대로 들어오면 남양주의 세조 광릉에는 봉선사가 있

| **금동대향로 발굴 현장** | 1993년 능산리 고분군과 나성 사이의 넓은 터에서 백제금동대향로가 발견된 것을 계기로 이곳에 왕릉을 지키는 사찰인 능사가 있었음이 밝혀졌고, 고분군은 명실공히 '부여 왕릉원'이 되었다.

고, 서울 강남에 자리한 성종과 중종의 선·정릉에는 봉은사가 있다. 수원에 있는 사도세자와 정조의 융·건릉에는 역시 용주사가 있다.

백제 왕릉의 능사 자리가 발견된 것은 우연치고는 너무도 황홀한 우연이었다. 능산리 고분군이라 불리던 시절, 이곳은 내가 좋은 말로 표현해서 '조용한 유적지'라고 했지만 다른 말로는 참으로 '초라한 유적지'였다. 주차장 같은 시설 하나도 제대로 조성되어 있지 않았다.

그리하여 능산리 고분군이 있는 산자락 서쪽 비탈과 부여 나

| **발견 당시의 금동대향로** | 발견 당시 금동대향로는 1,500년 전 유물이면서도 상태가 매우 좋았다. 진흙 웅덩이 속에 묻혀 있어 항온항습이 유지되었기 때문이다. 백제 금속공예의 위대함을 보여주는 일대 발견이었다.

성 사이 골짜기에 주차장을 조성할 계획이 세워졌다. 당시 여기에는 계단식 논밭이 있었다. 그래도 위치가 위치인지라 여기에 뭔가 중요한 유적이 있지 않을까 추측되어 1992년 충남대 박물관 팀이 1차로 발굴조사를 했다. 그러나 별다른 특이 사항이 없어 주차장 공사가 허가되었다. 그리하여 본격적인 공사에 들어가기 전에 2차 발굴조사를 하던 중인 1993년 12월 12일 일요일, 물이 흥건한 진흙 웅덩이 속에 뚜껑과 몸체가 분리되어 옆으로 뉘어 있는 향로가 발견되었다.

세상을 놀라게 한 발견이었다. 1971년 무령왕릉 발굴 이후 백

제 미술사와 고고학의 최대 성과였다. 너무나 뛰어난 명작이었고 너무나 상태가 좋았다. 1,500년 전 유물이면서 상태가 좋았던 이유는 진흙 웅덩이 속에 묻혀 있었기 때문이다. 쉽게 말해서 공기(산소)에 노출되지 않고 항온항습이 유지되었기 때문이다.

이 향로가 전에 없던 명작이기 때문에 혹 중국에서 수입해 온 제품이 아닌가 하는 의문이 제기되기도 했다. 당시만 해도 백제 유물로 이와 비교될 수 있는 것은 무령왕릉 출토품 정도였기 때문이다. 그러나 기법과 양식을 면밀히 분석하여 백제 유물임을 확인했고, 이후 왕흥사지 사리함과 미륵사지 사리함이 발견되면서 백제 전성기 금속공예품이 이처럼 위대했음을 재확인했다.

주차장 공사는 당연히 중단되었고 학술 발굴이 시작됐다. 나성과 능산리 고분군 사이 골짜기 전체에 걸쳐 문화재 발굴조사가 이어졌다. 추가 발굴조사 결과 집자리의 주춧돌들이 드러나기 시작했다. 중문, 탑(목탑), 금당, 강당이 남북 일직선상에 배치되고 동쪽과 서쪽, 남쪽에 회랑이 둘러져 있는 전형적인 1탑 1금당식 가람배치의 백제 절터임이 확실했다.

능사 석조사리감

능사 절터가 확인된 뒤 발굴조사는 계속되었다. 1995년 9월에

| 백제금동대향로 | 백제문화의 꽃이자 백제문화가 얼마나 발전했는지를 말해주는 물증이다. '검이불루 화이불치(儉而不陋 華而不侈)'라는 백제 미학의 진수가 녹아 있다.

| 능사 석조사리감 | 능사 터에서는 창왕의 이름이 새겨진 석조사리감도 발견되었다. 567년에 제작된 것으로, 명문의 글씨는 고졸한 서체에 품위가 서려 있다.

행해진 4차 발굴조사에서는 절터의 중심부인 목탑 터의 가운데, 이른바 심초석(心礎石)에서 석조사리감(石造舍利龕)이 비스듬히 놓인 채 발견되었다. 우체통처럼 생긴 화강암 석재에 사리함을 넣을 공간을 파고 문을 설치했던 것으로 추정된다. 사리함은 발견되지 않았지만 석조사리감의 앞면 좌우로 10자씩 모두 20자의 명문이 새겨져 있었다.

백제 창왕 13년 정해년에 매형공주가 사리를 공양한다.
百濟昌王十三秊太歲在 丁亥妹兄公主供養舍利

| **왕흥사지 출토 사리기** | 2007년에 발견되었으며 현재까지 알려진 우리나라 사리기 중에서 가장 오래됐다. 청동제 사리외합, 은제 사리호, 금제 사리병이 한 세트를 이루어 정교하고 섬세한 백제 장인의 솜씨를 보여준다.

창왕 13년은 567년이고, 매형공주는 명확치는 않지만 위덕왕의 누이, 즉 성왕의 딸로 해석되고 있다. 명문의 글씨는 무령왕릉 지석과 비슷한 고졸한 서체로 조용하면서도 품위가 서려 있다. 이로써 우리는 사리를 봉안한 절대연대와 공양자를 명확히 알 수 있게 되었다. 유감스럽게도 사리감 안에 들어 있었을 사리함은 발견되지 않았다. 그러나 2007년 백마강 규암 강변에서 왕흥사지 사리함 금은동 한 세트(사리외합, 사리호, 사리병)가 발견되어 잃어버린 능사 사리함의 모습도 능히 상상할 수 있게 되었다.

| 능사 터 | 중문, 탑(목탑), 금당, 강당이 남북 일직선상에 배치되고 동쪽과 서쪽, 남쪽에 회랑이 둘러 있는 백제의 전형적인 1탑 1금당식 가람배치를 보여준다.

능사 터에서

능사 터는 반듯하게 잘 정비되어 있다. 명확한 내력이 있고, 주춧돌을 기준으로 건물지의 높낮이가 정연하게 정비되어 왕가의 능사가 갖고 있었을 절집의 격조가 유감없이 발휘된다. 목탑 자리가 높이 돋아 있는 것은 백제시대 가람배치에서 목탑이 항상 높직한 축대 위에 세워져 있었기 때문이다. 여기서 나는 학생들을 상대로 질문해보았다.

"이 목탑이 몇 층이죠?"
"5층요."

| **문화재 복원 안내판** | 능사 터 앞에는 문화재 복원 안내판이 설치되어 있다. 이것을 통해서 능사 터를 바라보면 능사의 모습이 입체적으로 떠오른다.

"높이가 몇 미터나 될까요?"

"………"

"38미터라고 합니다. 아파트 10층 높이입니다. 인근 롯데리조 트 옆에 백제문화단지가 있죠? 그 안 사비궁 옆에 이곳 능사를 추정 치수 그대로 복원해놓았어요. 기회 있으면 한번 다녀오세 요. 예상 밖으로 웅장하고 아늑하답니다."

그러자 이미영 팀장이 현장에 있는 문화재 복원 안내판 앞에 서 보면 실감나게 그려볼 수 있다며 답사팀을 데리고 갔다. 나도 따라가서 봤는데 5층탑 기단부를 절터에 맞추어보니 회랑과 함

| **능사 목탑** | 능사에는 오층목탑이 세워져 있었고, 그 높이가 약 38미터에 달했던 것으로 추정된다. 현재 백제문화단지 내에는 추정 치수 그대로 능사와 목탑이 재현되어 있다.

께 능사의 모습이 입체적으로 떠올랐다. 나도 처음 알았다. 학생들은 모두 신기해하면서 키를 높였다 낮췄다 하면서 능사를 복원해보았다.

　우리는 목탑 터로 가서 석조사리감이 나온 심초석 자리를 유심히 살펴보았다. 친절하게도 발굴 당시의 모습을 담은 사진이 놓여 있어 이해를 돕는다. 나는 다시 답사팀을 백제금동대향로가 발견된 공방터로 안내했다. 여기에도 발견 당시 사진이 놓여 있었다. 그때 한 학생이 질문했다.

　"향로가 왜 여기 묻혀 있었어요?"

"그러게 말이다. 추측건대 무슨 일이 있어서 숨겨놓은 것으로 생각되고 있어요."

이에 대하여 국립부여박물관 특별전 '백제금동대향로 3.0'에서는 다음과 같이 해설했다.

1993년 12월 12일, 절터 서쪽의 공방지(조사 당시 제3건물지) 내 타원형 아궁이에서 출토되었는데, 내부에 기와 조각이 켜켜이 쌓여 있었고 이를 걷어내자 나무판자 위에서 뚜껑과 몸체가 분리된 백제금동대향로가 나타났다. 이러한 모습은 백제금동대향로를 나무 상자 안에 넣고 기와를 켜켜이 쌓아 숨겨두는 장면을 상상케 한다.

그래서 많은 학자들이 660년 나당연합군에게 사비성이 함락될 때 능사 사람들이 급히 숨겨두었던 것으로 추측하고 있다. 결국 능사는 불타고 숨긴 사람은 다시 이곳으로 돌아오지 못했다.

능사 터 곁에는 '부여 왕릉원 아트뮤지엄'이 있다. 여기에 들어가면 능사 터 발굴 당시 사진 자료들과 백제금동대향로의 세부 사진들이 전시되어 있는 것을 볼 수 있다.

백제금동대향로

백제금동대향로는 백제문화의 꽃이다. 백제문화가 얼마나 발전했는가를 말해주는 물증이다. 이 향로의 발견으로 우리는 '검이불루 화이불치(儉而不陋 華而不侈)'의 미학을 지녔다는 백제 아름다움의 진수를 만날 수 있다. 실로 위대한 발견이었다.

이 향로는 높이 61.8센티미터, 무게는 11.85킬로그램이나 되는 대작으로 다른 향로들과 비교할 때 부피가 2배 가까이 된다. 향로의 구조는 받침, 몸체, 뚜껑 3단으로 이루어져 있다. 그러나 뚜껑이 닫힌 상태에서 보면 용의 입에서 탐스러운 꽃봉오리를 분출하는 듯한데, 맨 위에 봉황이 올라앉아 있는 3단 구조다. 이 향로는 기본적으로 한나라 때부터 유행한 박산향로(博山香爐)의 형식을 따른 것이다. 중국의 박산향로는 대개 바다를 상징하는 승반(承盤) 위에 박산을 상징하는 중첩된 산봉우리가 얹혀 있는 모습이다. 박산은 중국의 동쪽바다 한가운데 불로장생의 신선이 살았다는 이상향으로 봉래산, 영주산, 방장산 등 삼신산을 말한다.

백제금동대향로는 이런 도교적인 상징성을 갖는 박산향로에 불교적 이미지인 연꽃을 결합시키면서 극락왕생을 기원하는 형식을 구현한 것이다. 받침대의 용은 힘껏 용틀임하면서 치솟아오르는 강한 동세를 보여주며, 뚜껑 꼭지의 봉황은 부리와 목 사이에 구슬을 끼고 있는 상태에서 날갯짓을 하기 위해 꼬리를 한껏 치켜 올린 모습이다.

이에 반해 몸체와 뚜껑으로 이루어진 꽃봉오리는 풍만하면서도 팽팽한 입체감이 넘친다. 이처럼 받침대와 몸체는 동(動)과 정(靜)이 절묘한 조화를 이루는데, 뚜껑에는 신선의 세계를 나타내

| **금동대향로의 몸체와 받침** | 용이 입속에서 갓 피어나는 연꽃을 뿜어내는 형상이다.

는 무수한 그림이 새겨져 있다. 여기에 나오는 도상은 백제인의 관념 속에 있는 신선 세계를 형상화한 것으로, 영원불멸의 세계에 대한 동경이 담겨 있는 것이다.

향로의 디테일

'명작은 디테일이 아름답다'라는 명제를 이 백제금동대향로만큼 잘 보여주는 것이 없다. 나는 학생들에게 말했다. 추사(秋史) 김정희(金正喜)는 명작 감상을 할 때는 '금강역사의 부릅뜬 눈으로, 혹독한 세리(稅吏)의 손끝처럼 치밀하게' 보아야 그 진수를 알아차릴 수 있다고 했다고. 홈런 타자가 공을 끝까지 보듯이 작품의 구석구석을 끝까지 보라고 하면서, 내가 말하는 대로 백제금동대향로의 발끝부터 머리끝까지 살펴보라고 했다. 보면 다 보일 것 같지만 그렇지 않다. 나는 조용히 낱낱 도상을 읽으며 답사객들의 눈을 이끌었다.

받침: 향로 받침 부분은 용이 긴 몸을 용틀임하면서 힘차게 치솟아 오르며 연꽃 모양의 몸체를 떠받치고 있는 모습이다. 용은 네발에 각각 발톱이 5개씩인 '오조룡'으로 3개의 발로는 땅을 디뎠고, 한 발은 높이 치켜들고 있다. 용의 몸체를 투각하여 입체감이 생생하게 살아 있고, 용의 머리에 솟아오른 뿔은 두 갈래로 갈라져 길게 뻗어 있으며, 입 안쪽으로는 날카로운 이빨이 있고 입

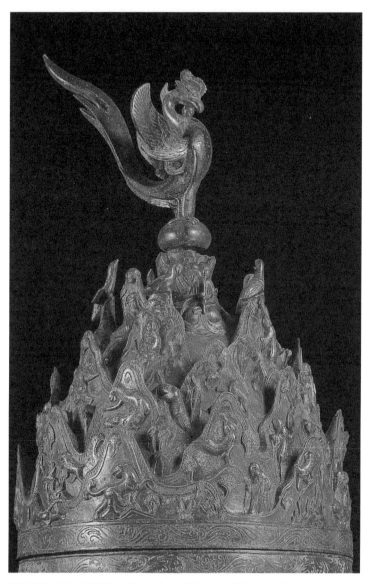

| **금동대향로의 뚜껑와 봉황** | 공식 발표에 따르면 향로의 연잎과 산봉우리에 새겨진 도상의 개수가 모두 86개에 달한다고 한다. 뚜껑 위의 봉황은 긴장미와 생동감을 더해준다.

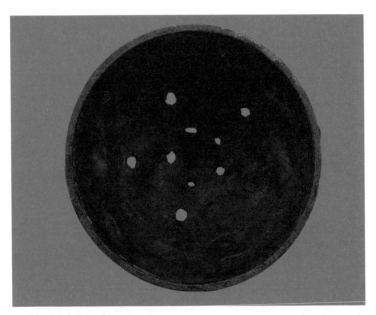

| 금동대향로의 구멍 | 향로 몸체에 향을 피우면 향 줄기는 뚜껑 안쪽에 숨겨진 10개의 구멍을 통해 신령스러운 운무처럼 피어올랐을 것이다.

으로 향로 몸체를 물고 있어 마치 용의 입속에서 연꽃을 뿜어내는 것 같다.

몸체: 몸체는 갓 피어나기 시작한 연꽃 모양으로, 연꽃잎 24장이 3단 겹으로 펼쳐져 있는데 각각의 꽃잎과 빈 곳에 인물이나 동물 모양이 조각되어 있다. 신수(神獸)의 등에 탄 선인, 무예를 하는 사람, 그리고 독특하게 생긴 동물 25마리가 정교하게 새겨져 있다. 펄떡거리며 요동치는 형상의 물고기와 가늘고 긴 부리와 목을 가진 새도 있다. 새들은 큰 날개를 퍼덕이기도 하고, 긴

| 「백제금동대향로에 향을 피워볼까요?」 | 2020년 국립부여박물관은 금동대향로 모형을 만들어 향을 피운 뒤 「백제금동대향로에 향을 피워볼까요?」라는 제목의 영상을 제작해 공개했다.

목을 위로 치켜들고 비상하기도 하며, 나뭇가지에 앉아 있기도 하는 등 다채로운 동작으로 묘사돼 있다. 백제에 없던 동물인 악어도 있다.

뚜껑: 뚜껑은 뾰족뾰족한 74개의 산봉우리가 4~5겹으로 둘려 있고 산봉우리 맨 꼭대기에 봉황이 앉아 있는 모습이다. 봉황의 발아래 5개의 산봉우리에는 각각 기러기가 한 마리씩 앉아 있고 그 아래에는 악기를 연주하는 5인의 악사가 저마다 다른 악기를 들고 연주하며 음악에 심취한 듯 지그시 눈을 감고 엷은 미소를

짓고 있다. 산봉우리 74개에는 나무, 바위, 산길, 시냇물, 폭포, 호수 등이 섬세하게 표현되어 있다. 산과 계곡에는 동물 42마리와 인물 17명이 부조로 새겨져 있어 입체감을 보여준다.

호랑이는 송곳니를 드러내고 꼬리를 휘두르고 있으며, 멧돼지는 주둥이를 들이대며 봉우리 저편에서 앞으로 도약하는 형상이다. 독수리가 산봉우리에 앉아 있고 날개가 달린 토끼 모양의 상상의 동물들도 있다. 새의 몸에 사람의 얼굴을 한 '인면조신'은 머리에 높은 관을 쓰고서 날개를 접고 위엄있게 앉아 있다.

인물: 뚜껑에는 악사 외에 12명의 인물도 등장한다. 다들 웃옷의 소매가 넓고, 길이가 발아래까지 내려오는 도포 차림인데, 폭포 아래서 머리를 감는 사람을 제외하곤 모두 민머리로 표현돼 있다. 이들은 각기 다른 모습을 하고 있는데, 호수에 낚싯대를 드리운 사람, 바위 위에 앉아 명상하는 사람, 옷자락이 휘날리는 모습으로 서 있는 사람도 있고, 지팡이를 짚고 느긋이 산책하는 인물도 있다. 말을 타며 달리는 인물이나 달리는 말에서 뒤로 몸을 돌려 활을 쏘는 인물도 있다. 그리고 산봉우리 맨 위에 앞서 말한 5인의 악사가 둘러서 있다.

봉황: 뚜껑 위 봉황은 두 날개를 활짝 펴 뒤로 젖혔고, 긴 꼬리는 하늘을 향해 치켜 올리고 있는 모습이다. 또 가늘고 긴 목을 구부려서 부리와 목 사이에 구슬을 끼우고 있다. 그래서 구슬을

떨어뜨리지 않기 위해 힘을 주고 있는 듯한 생동감이 느껴진다. 만약 구슬을 입에 물고 있는 모습으로 표현했다면 이런 긴장미는 나타나지 않았을 것이다. 봉황 가슴에는 구멍이 2개 있어 향을 피우면 마치 봉황이 서기(瑞氣)를 뿜어내는 듯한 모습이 된다. 이 봉황은 인도 신화에서 '가루다'(garuda)라고 하는 금시조(金翅鳥)라는 유력한 학설이 최근 나왔다. 금시조는 죽은 자들을 열반의 언덕으로 데리고 가는 새로, 목에는 여의(如意)라는 구슬이 있다는 불경의 기록이 있는데, 바로 이 조형에 정확히 들어맞기 때문이다.(진영아 「백제금동대향로 정상부의 새 도상 재검토: 금시조 가능성에 대한 모색」, 『동아시아불교문화』 42호, 2020)

구멍: 봉황의 가슴뿐 아니라 산봉우리 안쪽에도 향이 나오는 구멍이 숨겨져 있다. 아래위로 각기 5개씩 지름 0.6센티미터가량의 구멍이 10개 뚫려 있어서 향로 몸체에 향을 피우고 뚜껑을 닫으면 구멍으로 향 줄기가 피어오르는 것이 마치 산에 신령스런 운무가 피어오르는 것 같은 구조다.

향로 발견 30주년 기념 특별전 '백제금동대향로 3.0'에서는 향로의 연잎과 산봉우리에 새겨진 이미지 개수가 모두 86개라는 공식 발표가 있었다.

| **부여 나성** | 부소산성에서 시작해 산자락과 강줄기를 따라 축조한 이 나성은 수도 방어를 위해 구축한 성이었다. 이렇게 넓은 범위의 방어를 위해 구축한 성을 나성(羅城)이라 한다.

부여 나성

능사 터 답사를 마친 우리는 사비성의 성곽인 나성으로 오르기 위해 발길을 돌렸다. 능사의 서쪽을 나성의 동쪽 성벽이 빙 두르고 있다. 그러니까 능사는 사비성의 바로 동쪽 외곽에 자리 잡고 있는 것이다.

부여 나성은 수도를 방어하기 위해 구축한 외곽 성으로 부소산성 북문에서 시작하여 도시의 북쪽과 동쪽을 보호하고 있다. 고고학 조사 결과 성벽 축조 시기와 축성기술, 문지(門址) 등이 확인되었다. 성벽의 안쪽은 판축, 바깥쪽은 석축과 토축의 혼축 구조로 지형에 따라 융통성 있게 축조되었다. 이 중 6.6킬로미터 길이의 동나성 구간이 세계유산으로 등재되었다. 부소산성에서 시작해 산자락과 강줄기를 따라 사비 고을을 감싸 안으며 축조한 이 나성의 동쪽 잔편이 여기 완연히 남아 있는 것이다.

나는 답사객들을 이끌고 나성을 따라 나 있는 성벽 길로 올라갔다. 나성에 오르니 능사 터가 마치 드론으로 촬영하는 것처럼 한눈에 들어왔다. 더 높이 올라가니 시야에 들어오는 평수가 더 넓어졌다. 나성의 성벽은 굽이굽이 돌아 산모롱이 돌아가는 끝자락이 보이지도 않았다. 비탈을 오르느라고 나도 지쳤고 답사객들도 지친 모양이었다. 여기서 저 멀리 산등성까지 뻗어 있는 나성을 따라가자니 만만치 않아 보였다. 그런데 성벽 아랫길 중간을 '출입금지'라는 팻말로 막아놓았다. 지난 장마 때 무너진 곳을 보수하는 중이라고 했다.

학생들은 이것이 무척 서운하다는 표정이었지만 힘에 겨워 등반에 자신이 없어 보이던 학부모들은 다행이라는 듯 안도의 한숨을 길게 내쉬었다. 사실 나성은 복원이 다 이루어지지 않아 저 끝자락까지 올라가보았자 갑자기 성벽이 끊기고 전망도 막혀 있어 답사객들은 괜히 올라왔다며 허망한 표정으로 말하곤 한다.

이 동나성 전체를 발굴조사하여 부소산성 옆의 북나성까지 연결하는 것이 사비성 복원의 큰 과제인데 그게 언제 이루어질지는 모르겠다. 아직 계획안도 없기 때문이다. 그리고 더 큰 과제는, 성곽은 바깥보다 안이 더 중요한데 나성 안쪽이 아직 복원되지 않

았다는 점이다. 그래서 나는 학부모들과 마찬가지로 출입금지 안
내판을 고맙게 생각했다.

그리하여 우리는 한편으로는 능사 터를 바라보고 한편으로 성
벽을 따라 내려가면서 나성을 걷는 역사적 낭만을 여유롭게 즐겼
다. 이 나성을 걸으면 성벽과 능사 터와 아름다운 향로와 백제의
왕릉의 이미지가 한데 어우러지면서 무언가를 읊조리고 싶은 시
심(詩心) 같은 것이 절로 일어난다. 그러나 나는 진작에 시작(詩作)
훈련을 받지 못했고 나를 대신하여 이 나성을 읊은 시도 아직 만
나지 못해 아쉽지만 이 대목에 인용할 시 한 수를 빈 칸으로 남겨
둔다. 그 대신 나는 이 나성을 거닐며 능사와 백제금동대향로와
석조사리감과 동하총의 주인공인 백제 위덕왕의 문화사적 위상
을 새삼 떠올려본다.

백제문화의 전성기, 위덕왕 45년

한국미술사에서 백제문화의 전성기는 6세기 후반부터 7세기
전반이라고 말한다. 우리가 왕조 문화의 시기를 세기로 넓게 표
현하는 이유는 절대연대를 알 수 있는 유물이 드물어 주로 양식
사적 판단을 말해야 하기 때문이다. 그러나 왕조를 이끌었던 제
왕을 배제하고 양식사로만 한 시대를 이해하는 것은 너무도 냉랭
한 문화사 인식 태도다.

역대 왕조의 문화적 전성기를 꼽아보면 고구려는 장수왕 때

| **서산 마애삼존불** | 위덕왕 재위기는 진실로 백제문화의 전성기였다. '백제의 미소'로 칭송되는 서산 마애삼존불이 바로 위덕왕 때 유물이다.

(5세기), 신라는 선덕여왕 때(7세기 전반), 통일신라는 경덕왕 때 (8세기 중엽), 고려는 인종·의종 때(12세기), 조선은 세종(15세기 전반)과 영·정조 때(18세기)다. 이렇게 인식해야 왕조의 문화상이 잡힌다.

백제문화의 전성기가 6세기 후반부터 7세기 전반이라고 한다면 사실상 위덕왕(재위 554~98)과 무왕(재위 600~41) 치세 기간을 말한다. 위덕왕과 무왕 사이에 혜왕과 법왕이 각기 1년씩 재위했지만 문화사적으로 볼 때 거의 무시해도 그만인 짧은 과도기

| 6세기 후반 위덕왕 때 백제문화 전성기를 보여주는 불상들 | **1** 규암 출토 금동보살입상 **2** 군수리 출토 납석여래좌상

에 지나지 않는다.

위덕왕 재위기는 진실로 백제문화의 전성기였다. 지금 나성에서 떠올리는 유적과 유물 외에 '백제의 미소'로 칭송받는 '서산마애삼존불', '미스 백제'라는 애칭을 갖고 있는 '규암 출토 금동보살입상', 비록 국적과 시대가 명확지 않지만 저 유명한 '금동미륵반가사유상' 등이 6세기 후반 백제 미술로 추정되고 있으니 이 모두가 위덕왕 때 유물이다.

그럼에도 백제의 이미지를 말할 때면 멸망할 때의 의자왕을

먼저 기억하고 위덕왕 시대의 백제문화 전성기에 대해서는 말이
없다. 이는 그동안 우리가 역사를 연대기로 나열하면서 전란과
정변을 중심으로 한 정치·전쟁사, 비유컨대 '사건 및 사고의 역
사'에만 치중하고 문화사로 익히지 않았던 병폐라고 생각한다.

내가 부여로 내려가 지금까지 50회에 걸쳐 봄가을로 백제문화
답사를 이끌어온 것은 백제문화의 꽃과 영광을 온 국민에게 전도
하고자 함이었다. 실로 이런 자랑스러운 문화유산을 남겨준 위덕
왕 치세의 백제인들에게 보내는 감사와 존경의 마음이 그지없다.

나의 느린 걸음을 앞질러 나성을 내려간 답사객들은 김인권
국장의 인솔 아래 능사 터 옆으로 길게 난 긴 도랑의 다리 옆에
모여 나의 다음 설명을 기다리고 있었다. 여기서는 그 옛날 나무
다리가 있었음을 명확히 보여주는 유구와 목재가 발견되었다. 이
를 토대로 이 도랑과 다리를 복원한 것이다. 평범해 보이지만 이
것이 있음으로써 능사 터는 더욱 진정성을 갖게 되는 것이다.

항시 시간을 체크하며 늦을까봐 마음 졸이는 이미영 팀장이
12시가 다 되어간다고 했다. 우리는 서둘러 부여 왕릉원 주차장
으로 나아갔다. 그리고 점심식사를 위하여 관북리 유적지와 부소
산이 훤히 바라다보이는 향우정 식당을 향해 떠났다.

백제금동대향로 시연

제50회 답사는 점심식사 후 예정대로 부산서원, 대재각과 유

왕산을 답사한 뒤 국립부여박물관에서 마무리했다. 능사를 답사한 뒤인지라 특별전 '백제금동대향로 3.0: 향을 사르다'를 더욱 즐겁고 진지하게 감상하고 상설전시장으로 가서 AR(augmented reality)이라 불리는 증강현실 기법으로 만든 7분짜리 영상도 감동적으로 감상했다.

명작은 명작을 낳는다고 백제금동대향로를 주제로 무수한 사진 작품과 도록이 발간되었고, 이를 소재로 한 단독 저서(서정록 『백제금동대향로』, 학고재 2001)도 나왔으며, 방송국의 역사 프로그램의 단골 주제로 이 향로가 등장하기도 했다. 그중 내게 가장 감동적인 프로그램은 대전방송(TJB)에서 향로의 악사 5명이 들고 있는 악기를 재현한 것이다.

이 프로그램에서 국악 연구자들은 봉황의 바로 밑에 위치한 악사부터 짧은 피리는 '배소(排簫)', 긴 피리는 '종적(縱笛)', 기타 비슷한 악기는 '완함(阮咸)', 그 왼쪽은 북, 다시 그 왼쪽은 거문고로 고증했다. 그리고 이 악기들을 인간문화재가 직접 만들었고, 국립국악원의 연주자가 백제 「산유화가」에 맞추어 연주했다. 지금은 유튜브로 모든 게 다 검색되어 이 글을 쓰기 전에 다시 한번 보고 큰 감동을 받았다.

공예는 용(用)과 미(美), 즉 쓰임과 아름다움으로 이루어진다. 따라서 백제금동대향로의 최종 형태는 향을 피웠을 때의 모습이다. 구조로만 보자면 향로의 삼신산 곳곳에서 향줄기가 아련히 오르는 가운데 산자락에서 다섯 악사가 음악을 연주하고, 그 아

| **AR 실감 콘텐츠 '백제금동대향로'** | 백제금동대향로를 주제로 증강현실 기법을 이용해 만든 이 영상은 초고화질의 입체 영상과 음향 시스템을 도입하여 유물을 생생하게 재현해놓았다. 실감 콘텐츠라는 주제에 맞게 영상 상영 중에는 연꽃 향기도 맡을 수 있다.

래에서는 상서로운 새 다섯 마리가 날고 있으며 꼭대기의 봉황은 가슴에서 신비로운 연기를 뿜어내는 형상이다. 국립부여박물관은 복제품을 이용하여 향로에 향을 사르는 모습을 '백제금동대향로에 향을 피워볼까요?'라는 제목의 영상에 담아 2020년 4월 박물관 유튜브 채널에 올렸는데, 하얀 향 연기를 포르르 뿜어 올리는 모습이 상상 이상으로 아름답다.

그러나 이보다도 국립부여박물관에서 상영하는 AR 기법의 7분짜리 영상 프로그램이 더 감동적이다. 매 짝수 시각은 백제와

당, 홀수는 백제금동대향로를 주제로 로비에서 상연한다. 우리는 이 영상을 보기 위해 백제시대 석조(石槽)가 놓여 있는 박물관 로비 나무 바닥에 둘러앉았다.

5시 정시가 되자 돔의 천장이 여러 갈래로 밀고 들어와 닫히면서 천둥 치는 소리와 함께 용이 천장과 석조를 휘젓고 다녔다. 그리고 금동대향로에 등장하는 산과 나무와 짐승과 사람들이 저마다의 자세와 표정으로 천장을 휘젓고, 마지막으로 향로에서 피어나는 향줄기가 공간을 장식하고 끝났다.

7분이 어떻게 갔는지 모르게 지나갔다. 그리고 천장이 다시 열리면서 광선이 들어오자 관람객들은 우레 같은 박수를 보냈다. 우리 답사팀 학생들도 힘차게 박수를 쳤고 학부모들도 얼굴에 기쁨을 가득 담고 웃는 낯으로 박수를 치면서 '제50회 유홍준과 함께하는 부여 답사'를 마쳤다.

백제 2

백마강과 유왕산

백마강에
울려 퍼지는 「산유화가」

아름다운 백마강

나의 부여 답사에는 백마강의 아름다움을 즐기는 코스가 반드시 하나는 들어 있다. 공주를 지나온 금강이 부여를 S자로 휘감고 돌아가는 구간을 백마강이라고 하는데, 상류 쪽부터 천정대, 왕흥사지, 낙화암과 고란사, 구드래, 대재각과 부산서원, 신동엽 시비, 수북정, 반조원, 유왕산 순으로 이어진다.

천정대(天政臺)는 백제 때 재상을 선출하던 곳이다. 『삼국유사』에 따르면 백제에서 재상을 뽑을 때 서너 명의 후보 이름을 적어 상자 안에 넣고 이곳에 있는 바위에 놓아두고서 며칠 후 열어본 뒤 이름 위에 도장이 찍힌 사람을 재상으로 삼았기 때문에 '정사암(政事岩)'이라 불렸으며, 임금과 신하가 각기 자기 위치에서 하늘에 제를 올리던 곳이기도 했다고 한다. 천정대는 백제보 맞은 편에 있어 여기에서 바라보는 백마강이 대단히 유장하다.

왕흥사지는 낙화암 건너편 규암 강변으로, 여기에서 금·은·동 사리함이 발견되어 왕흥사가 위덕왕이 죽은 아들을 위해 지은 절임을 알게 되었다. 『삼국사기』 무왕 35년(634) 조에 '행향(行香, 향 피우기)' 의식을 했다는 기록이 나오는 백제의 대표적인 절터인데, 여기서 강변에 줄지어 자라는 포플러 너머 부소산을 바라보는 풍광이 아주 은은한 서정을 일으킨다.

낙화암과 고란사야 말할 것도 없는 백마강의 상징적 명소이고 구드래는 그 옛날에 일본으로 떠나던 배의 선착장으로 지금은 백마강 유람선을 여기서 타게 된다.

대재각(大哉閣)과 부산서원(浮山書院)은 효종 때 영의정을 지낸 백강(白江) 이경여(李敬輿)가 낙향하여 살던 백강마을에 있는 비각과 서원으로 많은 역사적 사연을 담고 있으며, 여기에서 백마강을 바라보는 풍광이 아주 유려한 운치를 자아낸다.

신동엽(申東曄) 시비는 읍내에서 백제교를 건너기 직전 강변에 있는데, 그의 대표작 중 하나인 「산에 언덕에」가 새겨져 있다. 이곳 강변의 솔밭이 아름다워 산책길로도 유명한데, 부여군은 여기에 부여군립미술관을 세울 계획이다. 그때가 되면 부여의 또 다른 명소로 떠오를 것이다.

수북정(水北亭)은 광해군 때 김흥국(金興國)이 세운 백마강의 대표적인 강변 정자로, 수많은 문인묵객의 시문이 남아 있다.

| 백마강 코스 | 1 수북정 2 신동엽 시비 3 반조원 4 고란사

1968년에 개통된 백제교가 바로 옆을 지나가면서 옛 정취가 다 망가져버렸지만 그래도 옛 명성에 값하는 아름다운 강변 풍광을 보여주고 있다.

반조원(頒詔院) 나루터는 겸재(謙齋) 정선(鄭敾)이 〈임천고암(林川鼓巖)〉이라는 진경산수화를 그린 명승지였는데 지금은 지형이 다 바뀌어 그림 속의 느티나무만이 그 옛날을 말해준다. 다만 반호정사(盤湖精舍)를 비롯한 고가들이 옛 마을의 정취를 보여준다.

유왕산(留王山)은 금강 하구를 향해 치달리는 백마강이 부여군을 떠나기 직전 강변에 우뚝한 높은 언덕인데, 여기서 동쪽으로

| **백화정** | 백마강의 상징적 명소인 낙화암 정상에는 백화정이라는 정자가 세워져 있다. 1929년에 건립되었으며, 절벽 아래에는 고란사가 있다.

는 강경, 서쪽으로는 한산, 남쪽으로는 익산이 일망무제로 펼쳐진다. 이 유왕산에는 의자왕이 당나라에 끌려갈 때 백성들이 이 산에 올라 왕이 머물러 가기를 원했다는 전설이 있다.

이 중 답사객들의 만족도가 가장 높은 코스는 역시 구드래 나루터에서 유람선을 타고 고란사와 낙화암 백화정을 다녀오는 것이다.

낙화암, 삼천궁녀

부소산 낙화암의 백마강 풍광은 참으로 온화하고 아름답다. 그

| 낙화암(落花巖) 암각 글씨 | 유람선을 타고 가다보면 절벽에서 볼 수 있는 이 글씨는 우암 송시열의 것이라고 전한다.

런데 이 낙화암은 백제 멸망 때 삼천궁녀가 떨어져 죽었다는 전설 때문에 돌이키기 힘든 이미지의 상처를 입고 있다. 당나라 군대가 사비성으로 들이닥쳤을 때 궁녀들이 낙화암으로 달려가 투신했을 개연성은 얼마든지 있다. 그것은 어느 전쟁에서나 일어나는 흔한 약탈과 비극의 장면이다.

그러나 삼천궁녀가 떨어졌다는 것은 그냥 많다는 뜻이지 그 수효를 의미하는 것은 아니다. 당나라 시인 백낙천(白樂天, 백거이)이 현종과 양귀비의 사랑을 읊은 「장한가(長恨歌)」에서도 삼천궁녀라고 했고, 진시황의 명을 받고 불로초를 찾아 떠난 동남동녀도 삼천이며, 나이 많은 동방삭(東方朔)은 '삼천갑자 동방삭'이

| 운보 김기창 〈낙화암〉 | 천에 수묵담채, 51×54.5cm. 운보 김기창이 '바보산수' 풍으로 그린 대표적인 실경산수화다.

라고 했다. 또 이태백(李太白)은 여산의 폭포를 노래하여 "비류직하 삼천척(飛流直下 三千尺)"이라고 삼천을 말했다.

당시 사비성의 인구는 5만 명에서 기껏해야 10만 명 정도였으니 궁녀가 3천이 될 수가 없고 부소산 관북리 왕궁은 3천 명의 궁녀가 머물 공간도 없었다. 시인들은 단지 시어로 삼천을 읊었는데 대중이 그것을 곧이곧대로 새기면서 낙화암은 의자왕의 호화방탕한 삶의 상징처럼 회자되었던 것이다.

삼천궁녀의 투신은 조선시대 김흔(金訢)이 「낙화암」이라는 시에서 처음 언급한 이후 조위(曺偉), 민제인(閔齊仁), 이사명(李師命)

| 이종구 〈낙화암〉 | 캔버스에 아크릴. 71×89.5cm. 고란사에 등불이 켜져 있는 백마강 달밤을 서정적으로 표현했다.

등의 시에 나오는 표현이지만 1935년 가수 노벽화의 노래 「낙화삼천(落花三千)」 이후 10여 곡의 대중가요가 유행하면서 사람들의 입에 붙게 되었다. 백마강 낙화암을 노래한 구슬픈 곡조로 망국의 서러움을 노래한 이 가요는 당시 일제에게 나라 빼앗긴 아픔과 공명하며 심금을 크게 울렸던 것이다.

그러나 모든 고대 국가는 다 쇠망의 역사를 갖고 있다. 삼천궁녀의 투신이라는 '가짜 뉴스'에 귀를 버리지 말고 부소산 백마강변의 이 평온한 정취를 있는 그대로 보면서 불어오는 강바람에 잠시 번잡한 일상을 흘려 보내고 국토의 아름다움을 만끽할 일이다.

실제로 낙화암 절벽을 끼고 유유히 흘러가는 백마강 물줄기와 강 건너 키 큰 미루나무가 줄지어 달리는 규암 들판의 평온한 풍광은 있는 그대로가 완벽한 구도를 보여주는 한 폭의 산수화다. 그래서 청전 이상범, 심산 노수현, 운보 김기창, 남농 허건, 고암 이응노, 취봉 이종원, 소송 김정현, 검돌 이호신 등 많은 수묵화의 대가들이 그린 이곳의 실경산수화가 거의 똑같은 구도를 취하고 있으며, 유화로도 좋은 소재여서 이종구의 「낙화암」 같은 풍경화가 나왔다.

유람선을 타고 지나가다 절벽에 보이는 '낙화암(落花巖)'이라는 붉은색 암각 글씨는 우암(尤庵) 송시열(宋時烈)의 글씨라고 한다. 부여에는 우암의 커다란 암각 글씨가 또 하나 전하고 있는데 그것은 강 건너 규암면의 대재각에 있다. 대재각은 낙화암에 버금가는 백마강의 명소로, 부여 답사 때 여러 번 낙화암 대신 대재각을 답사 코스로 잡았다.

부여 출신 재상들

대재각이 있는 백강마을로 가는 버스 안에서 부여문화원 김인권 국장에게 대재각과 부산서원의 주인공인 백강 이경여(1585~1657)와 부여가 낳은 역대 재상들을 이야기해줄 것을 부탁하니 자부심이 넘치는 해설이 장하게 돌아왔다.

"재상이라면 조선시대의 삼정승, 대한민국의 국무총리를 말하는데, 'JP'라고 불리는 김종필 국무총리가 규암면 태생으로 두 번이나 총리를 역임했습니다. 세조가 쿠데타를 일으킨 계유정란 때 공신인 홍윤성(洪允成)은 홍산면 태생으로 구룡면 금사리에 살던 집터가 있습니다. 명종 때 재상인 상진(尙震)은 장암면 합곡리 태생으로 이분은 출세의 달인이어서 우의정, 좌의정, 영의정을 도합 16년간 지냈다고 합니다.

그리고 세종 때 집현전의 대학자로 세조 때 영의정을 지낸 정인지(鄭麟趾)는 아버지가 부여군 석성현의 현감을 지냈을 뿐만 아니라, 아버지의 묘소가 부여 왕릉원이 있는 능산리에 있어 부여분으로 생각되고 있습니다. 그리고 효종 때 영의정을 지낸 백강 이경여가 있는데 이분에 대해서는 교수님이 현장에서 자세히 이야기해드릴 겁니다."

이 애향심 넘치는 해설에 답사객들은 우레와 같은 박수를 보냈다. 백강 이경여는 노론의 정신적 지주로, 40세 무렵에 백마강이 아름답게 보이는 규암면 진변리 부산(浮山) 아래로 낙향했다.

부산은 구드래 나루와 수북정 사이의 강변에 있는 산이다. 강물이 불어 주위의 논들이 모두 물에 잠기면 산이 꼭 떠 있는 것같이 보여 뜰 부(浮)자 부산이라는 이름을 얻었다고 한다. 부소산과 비슷한 높이로 해발 100미터 정도(107.2미터)밖에 안 되지만, 『삼국유사』에 "부여에는 삼산(三山)이 있는데 그 이름이 일산(日

山) 오산(吳山) 부산(浮山)이요"라고 언급될 정도로 그때나 지금이
나 부여의 명소로 꼽히고 있다.

백강은 부여로 낙향하면서 서재 이름을 원우당(遠憂堂)으로 짓
고 은거하면서도 나라를 걱정하는 마음을 표했다. 같은 북벌론의
노론 인사인 청음(淸陰) 김상헌(金尙憲)은 이런 사실을 듣고는 "근
심하는 자는 즐거움을 누리는 법이니, 공이 어찌 근심하는 데서
끝나겠는가'라고 했는데, 얼마 뒤 백강이 실제로 재상이 되자 전
에 한 말이 들어맞았다고 「원우당기」에 소상히 밝혀놓았다.

대재각의 유래

효종 8년(1657) 5월 5일, 영중추부사로 물러나 있던 72세의 백
강은 인재등용, 치국, 양병, 북벌계획 등 우국충정이 담긴 1천여
자의 차자(箚子, 간략한 상소)를 올렸다. 이에 대해 효종이 내린 비
답(批答, 임금이 상주문 끝에 적는 답)은 다음과 같다.

차자에서 논의한 것은 가슴속에서 우러나온 말이 아닌 것이 없으
니 만약 임금을 사랑하는 경의 충심이 아니면 어찌 이에 이르렀겠
소. 아, 과인이 좋아하는 것을 끊고 밤낮으로 몸 달아하면서 조그
마한 효과라도 보고자 하는 것을 모르지는 않지만 '지통재심(至痛
在心) 일모도원(日暮途遠)'이오. 근래 대신들이 매양 당론을 가지고
서로 싸우고 있으므로 과인이 심히 미워하고 있는데, 점점 격동되

| 대재각 | 낙화암에 버금가는 백마강의 명소로, 나라를 걱정했던 재상 백강 이경여와 효종의 이야기가 녹아 있다.

어 혹 지나친 조치를 면치 못하기도 하니 자못 한탄스럽소. 폐단을 구제할 대책을 대신과 비국(備局)의 여러 신하들과 서로 강구하여 노대신의 지극한 뜻을 저버리지 않을 것이니 안심하고 몸조리를 잘하여 아름다운 말과 직언을 매일 들려주기 바라오.

  '지통재심 일모도원'이란 '지극히 아픈 심정이 가슴에 있으나 날은 저물고 갈 길은 멀다'는 뜻으로, 중국 춘추전국시대 복수의 화신인 오자서(伍子胥)가 한 유명한 말에서 나온 것이다. 훗날 이경여 사후 그의 제자인 우암 송시열은 "지통재심 일모도원" 여덟 글자를 써서 백강의 아들 이민서(李敏敍)에게 전해주었는데, 이민

| **지통재심 일모도원** | 효종이 백강 이경여에게 보낸 편지에서 한 말을 새긴 이 글씨는 우암 송시열의 글씨 중에서도 유례를 보기 힘들 정도로 웅혼한 기상이 넘친다.

서의 아들 이이명(李頤命)이 숙종 26년(1700)에 이를 부산 백마강변의 거대한 자연석에 새기고 누각을 세우면서 이름을 대재각(大哉閣)이라고 했다. '대재'는 『상서(尙書)』의 "대재 왕언(大哉王言, 크

도다 왕의 말씀이여)"에서 따온 것이다.

우암의 이 글씨는 유례를 보기 힘들 정도로 웅혼한 기상이 넘쳐흐른다. 우암의 서체 자체가 원래 꾸밈이 없이 강직한 인상을 주는데다 그 내용이 내용인지라 더욱 기상이 넘치는 강렬한 힘이 느껴진다. 바위에 새긴 각자도 아주 깊이 파서 그야말로 '지통재심 일모도원'의 감정을 쏟아낸 것만 같다.

암각 글씨 오른쪽 위와 왼쪽 아래에는 작은 글씨로 "이는 효종대왕이 백강 이 상국(相國)에게 내린 비답의 말씀으로" "신(臣) 송시열이 감히 손 모아 절하고 머리 조아리며 삼가 쓴다"라고 쓰고는 다음과 같은 협서를 덧붙였다.

비답의 원문에서는 상국을 대인선생이라고 했다(原批稱相國以大人先生).

효종이 백강 이경여라는 노대신을 모시는 마음이 그토록 극진했다는 것이다.

노론의 성지

대재각에는 이후 백강 이경여와 우암 송시열을 존숭하는 노론 인사들의 발길이 끊이지 않았다. 대재각 글씨에는 삼전도의 치욕, 북벌과 대명의리의 맥락이 담겨 있어 거의 노론의 성지가 되었고, 많은 이들이 여기를 다녀간 자취를 남겼다. 청음 김상헌의 손자로 골수 노론인 곡운(谷雲) 김수증(金壽增, 1624~1701)은 '지통재심 일모도원'이 새겨진 각서석을 받치고 있는 강변의 바위를 '운한대(雲漢臺)'라 명명했고 직접 팔분체로 쓴 글씨를 새겨놓았다. 운한의 뜻을 은하수 혹은 대학자를 의미한다고 해석하기도 하지만 통상적으로 임금의 아름다운 덕, 또는 임금의 필적을 이르는 미칭이다.

또 우암 송시열의 수제자인 수암(遂菴) 권상하(權尙夏, 1641~1721)가 이곳에 와서 백강, 우암, 곡운 등 옛 선현들의 뜻을 기리며 쓴「운한대기」가 현판으로 제작되어 대재각 안에 걸려 있고 이와 함께 백강의 10대손인 이종호가 1921년에 보호각을 수리하고 쓴「대재각중수기」가 나란히 걸려 있다. 그리고 비각의 현판은 청양 출생으로 한때 부여에서도 활동한 서예가인 정향(靜香) 조병호(趙柄鎬, 1914~2005)의 글씨인데 정향 선생은『감옥으로부터의 사색』의 신영복 선생의 서예 선생이기도 하다. 신영복 선생이 대전교도소에 복역 중일 때 정향 선생이 재소자 교육의 한 과목으로 서예를 가르치면서 인연을 맺은 것이다.

한편 경기도 가평군 조종면의 큰길가 벼랑에도 우암의 글씨가 도치되어 '일모도원 지통재심'으로 새겨져 있는데 이에 대해 이이명이 스스로 말하기를 "(조종현에) 이 여덟 글자를 바위에 새긴 것이 있다는 말을 듣고 문중 사람들과 상의하여 예전에 송시열이 우리 집안에 써준 글씨를 모사하여 백마강변의 서실(書室)

| 운한대(왼쪽)와 청은당(오른쪽) 글씨 | 대재각은 백강 이경여와 우암 송시열을 존숭하는 노론의 성지였기에 많은 이들이 다녀간 자취를 암각 글씨로 남겼다.

동쪽 바위에다 새겼다"고 했다.(『조선왕조실록』 숙종 33년 8월 8일)

대재각은 이처럼 길고 깊은 사연과 뜻을 갖고 있는 명소인지라 사람의 발길이 끊이지 않아 구드래 나루터에서 수북정을 왕복하는 유람선이 대재각 선착장에 들러 간다. 그러나 지금은 낚싯배나 댈 수 있는 허름한 나루터만 남아 있어 할 수 없이 우리는 백강마을에서 부산 산자락을 타고 올라가야 한다.

대재각 난간에 서서

백강마을 부산서원 홍살문에서 부산 산자락을 돌아 대재각으로 가는 벼랑길은 제법 위험스럽다. 그래서 근래에 산등성 위쪽으로 길을 내고 철계단을 놓은 안전한 탐방로가 가설되었다. 그래서 나는 답사객들에게 의미도 깊고 풍광도 아름답고 길도 편하고 멀지 않으니 모두들 나를 따라오라고 앞장섰다. 그런데 막상 산자락을 타고 오르는 길이 생각보다 가파르고 힘들어 중간에 한 번 쉬고 말았다.

키 큰 상수리나무에 기대 쉬면서 곁에 있는 학부모에게 "가만히 생각해보니 내가 대재각을 다시 찾아온 것이 한 6, 7년 만인 것 같은데 그사이 근력이 쇠해진 것 아닌가 싶네요"라고 슬픈 듯이 말했더니 곧바로 받아서 하는 말이 "아닙니다. 만만치 않은 산길이네요. 교수님 따라가는 우리가 더 힘드네요."라고 하여 금방 위안이 되었다. 그리고 나도 남과 이야기할 때는 이 학부모처럼 상대방이 듣기 좋은 얘기를 먼저 해야겠다는 가르침을 받았다.

비탈길을 다 올라와 철계단 내리막길이 시작되는 곳 바위에는 '청은당(淸隱堂)'이라는 글씨가 새겨져 있다. 백강 선생이 여기에 은거한 뜻 맑은 마음을 그렇게 칭송한 것 같은데 누가 썼는지는 아직 밝혀지지 않았다. 철계단 따라 내리막길을 내려가다보니 대재각 지붕 너머로 백마강이 유유히 흘러간다. 대재각 건물은 정면 3칸, 측면 2칸으로 각석을 보호하면서 한쪽에 누마루를 놓아 한여름 길게 누워 가고 싶게 생겼다. 정자를 겸한다는 아이디어가 돋보이고, 무엇보다도 각석이 개방되어 깊이 새겨진 '지통재심 일모도원'의 웅혼한 각자를 바라볼 수 있어 절로 역사의 향

| **백마강** | 대재각에서 바라본 백마강변의 풍경이 그윽하다.

기가 일어난다. 그렇게 다가오는 역사의 속살을 충청의 시조시인 이덕영이 「대재각」이라는 시에서 간명하게 노래했다.

규암면 진변리 백마강가
산을 오르고 언덕을 내리면
아찔한 빗달 위에
발길 드문 외로운 누각 하나
발밑에 흐르는 강줄기 타고
차가운 바람이 송림(松林)을 흔든다

삼전도에 치욕의 아픔이 사무치건만
길은 멀고 해가 저문다는 통탄이여!
우람찬 우암의 글씨가
그때의 소식을 말해준다

무심히 흐르는 강물 위엔
충성스런 백강의 혼이 머물고
거리를 뛰어넘은 군신(君臣)의 의로운 숨결이
시간을 넘어 가슴을 적시네

부산서원

백강 이경여가 살던 서재에 부산서원이 세워진 것은 대재각보다도 훨씬 뒤인 숙종 45년(1719)으로, 이때 지방 유림이 공론을 일으켜 신독재(愼獨齋) 김집(金集)과 백강 두 분의 위패를 모시면서 서원을 세웠다. 신독재는 노론과 소론으로 분파되기 전 서인의 영수였다. 그리고 같은 해에 '부산서원'이라고 사액(賜額)되었다. 사액은 임금이 현판을 내렸다는 뜻으로, 노비와 전답이 제공되어 선현에 대한 제향과 지방의 인재 양성을 위한 사설 교육기관으로 물적 토대를 지원받게 된 것을 말한다.

그러나 날이 갈수록 서원이 당쟁의 소굴이 되고 지방민들의 납세 부담을 키우는 결과를 초래하는 폐단을 낳자 흥선대원군이

| **부산서원** | 인종과 효종의 재위 시절 서인의 리더로 활약한 김집과 노론의 재상인 이경여의 학문과 덕행을 추모하기 위해 지역 유림들의 공론을 모아 창건된 서원이다.

과감하게 사액서원 47곳을 제외하고 전국의 서원을 모두 철폐시켰다. 이때 부산서원도 문을 닫게 되었다(1871). 그리고 1977년에 지방 유림에 의해 두 분의 위패를 모신 재실이 복원되어 오늘에 이르고 있다.

부산서원의 자리앉음새는 아주 평온하면서도 힘이 느껴진다. 백강마을에 당도하면 멀리 보이는 홍살문과 하마비가 공공건물임을 상징하는 위엄을 내보이고 산자락에는 높은 돌계단 위로 부산서원의 재실이 의연하게 자리하여 우리를 내려다보고 있다. 그리고 옛날 백강의 서재가 넉넉한 기와집으로 멀찍이 물러나 앉아 우리에게 어서 와 툇마루에 앉으라는 듯 앞마당을 환하게 열고

| **부여동매** | 부산서재 앞에 서 있는 매화는 봄이 오기 전 추운 날씨에 꽃을 피워 동매라고 부른다.

있다. 참으로 품위있으면서 따뜻한 공간구조다.

서재 앞에는 유명한 부여동매가 두 줄기로 싱싱하게 잘 자라고 있다. 이 매화는 이경여가 인조 23년(1645) 배청친명(排淸親明)파로 밀고당하여 청나라에 잡혀가 억류되었다가 이듬해 소현세자와 같이 귀국할 때 묘목을 가져와 심은 것이다. 그러나 수령 300년을 넘겼을 때인 일제강점기 말기에 불에 타서 줄기가 모두 소실되었다. 지금의 줄기는 뿌리에서 새싹이 돋아나 자란 것으로 이제 수령 약 80년 정도밖에 안 된다. 그러나 그 내력을 귀하게 생각하여 1984년에 충청남도 문화재자료 제122호로 지정되어 보호받고 있다.

이 부여동매는 봄이 오기 전 추운 날씨에 꽃을 피워 동매라는 이름을 갖고 있는데, 실제로 다른 매화보다 일찍 피는 편이다. 매화는 조선시대 선비들이 거의 광적으로 좋아한 식물이라 좋은 매화나무 갖기를 너도 나도 원했다. 오죽했으면 퇴계 이황 선생이 운명하면서 마지막 남긴 말이 '저 매화 화분 물 줘라'였겠는가.

매화는 워낙에 종류가 다양하여 꽃의 빛깔과 피는 시기가 나무마다 다르기 때문에 중국에서까지 종자를 가져오기도 했다. 나도 부여 휴휴당에 매화나무를 여러 그루 심어놓아 아는 바가 좀 있는데, 씨를 받아서 발아시키면 성장 과정에 유전자 변질이 생기기 때문에 종자대로 정확하게 키우려면 가지를 꺾어 와 접붙이는 방법을 써야 한다고 한다. 묘목을 가져다 심는 것보다도 꺾꽂이를 하여 접붙이는 것이 정확한 종자 이식이다.

그러나 중국에서 가져오려면 빨라도 한 달은 걸리는데 어떻게 병에 담아 물을 갈아주면서 가져왔을까?『궁궐의 우리 나무』를 펴낸 박상진 교수에게 문의해보았더니 너무도 기가 막히게 간결한 방법이 있었다.

"매화 가지를 무에 꽂아서 가져왔다고 합니다."

나는 옛 사람들의 슬기로움에 무릎을 치면서 감탄했다. 그런데 옆에서 박상진 교수의 설명을 듣고 있던 한 분이 이를 받아서 한마디 하는데 그 또한 절묘한 얘기였다.

"요새는 바나나에 꽂아 와서 꺾꽂이를 한답니다."

원리는 같은 것이었다.

완산이씨 밀성군파

백강 이경여는 전주이씨 중에서도 밀성군파로, 이 집안은 자긍심이 대단하여 '완산이씨 밀성군파'로 가문을 따로 내세우곤 한다. 특히 백강의 후손들이 크게 번성하고 출세를 하여 백강의 아들, 손자 중에만 6명의 정승(경여, 이명, 관명, 건명, 휘지, 현구)을 배출했다. 그뿐 아니라 달성서씨, 광산김씨, 연안이씨와 함께 조선 후기 3대에 걸쳐 대제학(민서, 관명, 휘지)을 배출한 4대 명문의 하나로 꼽히고 있다.

그래서 지금도 부산서원과 대재각을 백강의 후손들이 관리하고 있어 우리가 답사 가면 집안의 총무가 나와 친절하게 맞아준다. 지난번엔 줄곧 총무를 맡아온 이천수 씨가 편찮아서 새 총무가 나왔는데, 이천수 씨는 집안에 대한 자긍심이 대단히 강한 분이다.

이천수 총무는 내가 부산서원 서재에 답사객을 앉혀놓고 완산이씨 밀성군파에 대해 말할 때마다 완산이씨도 아니면서 밀성군파에 대해 설명하는 모습이 신기하다는 듯이 내 말끝마다 "맞아요"라며 추임새를 넣었었다.

"밀성군은 세종대왕의 12남입니다.""맞아요."
"백강 선생은 밀성군의 6대손입니다.""맞아요."
"백강의 손자가 6명 있었는데 그중 이이명, 이건명이 1721년 왕세자 책봉 문제로 야기된 신임사화 때 죽음을 당한 노론사대신 중 두 분이랍니다.""맞아요."

그 천진스런 표정과 거짓 없는 추임새에 답사객들은 웃음을 터트리지 않을 수 없었다. 내가 그에게 말을 걸기 위해 일부러 물어보니 그 대답은 더 대단했다.

"총무님은 백강의 몇 대손이십니까?"
"11대손입니다."
"그러면 밀성군으로부터는 몇 대손이십니까?"
"17대손입니다."

그러고는 내가 묻지도 않았는데 한마디를 더 했다.

"그러니까 세종대왕 18대손입니다."

답사객들은 웃음과 함께 그의 자부심에 큰 박수를 보내드렸다.

| **정려각** | 사화의 참화를 겪고 스스로 목숨을 끊은 가림조씨와 연일정씨를 기리기 위해 세운 정각
이다.

정려각

당쟁의 시대엔 어떤 명문가든 사화의 참화를 면하기 어려웠던
것이 조선시대 정치적 환경이었다. 특히 완산이씨 밀성군파는 심
하여 숙종 15년(1689) 기사환국 때는 백강의 손자로 병조판서를
지내던 이사명(李師命)이 참화를 당했다. 기사환국은 남인이 정권
을 잡으면서 노론을 숙청한 사건이다.

그리고 1721년 신임사화 때는 노론사대신 두 명뿐 아니라 이
사명의 아들 이희지(李喜之)도 여기에 연루되어 형을 여덟 차례나
받다가 장살(杖殺)되었다. 이렇게 남편과 아들을 잃은 이사명의
처 가림조씨(嘉林趙氏)는 대재각에서 자결했다. 그러자 이희지의

| **정려각 현판** | 정려 안에는 정려중수기와 영모추판기, 그리고 2개의 명정 현판이 있다.

처 연일정씨(延日鄭氏) 역시 시어머니와 남편의 장사를 치른 뒤 자결시 15구를 남기고 스스로 목숨을 끊었다. 이에 영조 2년(1726) 6월 백마강변에 두 분의 열행을 기리기 위해 마을 입구에 세운 것이 가림조씨·연일정씨 정려각(旌閭閣, 충신·효자·열녀 등의 행적을 기리기 위해 세운 정각)이다.

이 정려는 1908년 현재 위치로 옮겨 온 것인데, 정면 2칸, 측면 1칸의 맞배지붕에 겹처마로 측면에는 방풍판을 설치한 아주 간소하지만 맑고 단아한 건물이다. 정려 안에는 정려중수기(旌閭重修記)와 영모추판기(永慕追板記), 그리고 2개의 명정(銘旌) 현판이 있다.

완산이씨 밀성군파의 정승판서가 겪은 사화와 이 명문가에 시집온 며느리 두 열녀를 생각하자니 그때나 지금이나 마찬가지로 정쟁에 휩싸이면 이처럼 가정이 엄청난 풍파를 겪는다는 생각이 든다. 그러나 세월이 지나 정권이 바뀌면서 참화를 당한 분들은 모두 신원되었으니 이것이 죽음을 무릅쓰고 가문을 지킨 힘이었던 것이다. 그래서 모진 세월 정치적 풍파를 겪으며 자신을 지킨 분들이 이를 악물고 버티면서 속으로 삭히는 말이 있다.

"시간은 흘러간다. 후세인들은 내 뜻을 알 것이다."

유왕산

대재각을 떠난 우리는 오늘의 마지막 코스인 유왕산을 향해 떠났다. 나의 부여답사에서 공식적으로 유왕산을 답사하는 것은 제50회가 처음이었다. 그 이유는 유왕산 가까이에 버스를 주차할 곳이 없었기 때문이었는데, 근래에 강변 따라 들어가는 길 안쪽에 '금강 수상 레저타운'이 생겨 여기에서 차를 돌려 나올 수 있게 되어 모처럼 답사하게 된 것이다. 그리고 이 산에 '유왕정'이라는 정자를 세우며 명소답게 정비해놓았기 때문에 답사객들도 가볼 만하고 또 가까이 있는 세도면의 백제 노래 「산유화가(山有花歌)」 전승 이수자를 초대해 시연을 할 수도 있다고 하여 큰 기대를 안고 떠났다.

| **유왕산** | 백마강변의 낮은 산이다. 유왕산이라는 이름이 붙은 까닭은 의자왕이 당나라에 끌려갈 때 백성들이 여기 올라 왕을 태운 배가 지나가는 것을 보면서 그가 머무르기를 바랐기 때문이라고 한다.

    유왕산은 부여군 양화면 백마강변의 낮은 산이지만 여기에 오르면 서해 바다를 향해 질주하는 백마강 물줄기가 한눈에 들어온다. 백마강은 여기서 도도한 물결을 이루며 서천군 한산면을 지나 장항에서 군산과 마주보며 바다로 들어간다. 이 강변 언덕이 유왕산이라는 이름을 갖게 된 것은 660년 8월 17일 의자왕이 왕자, 대신, 백성과 함께 당나라에 끌려갈 때 백성들이 여기에 올라와 왕의 배가 지나가는 것을 보면서 이를 만류하여 머무르기를〔留王〕 바랐기 때문이라고 한다. 여기서 유(留)는 머무르다는 뜻보다도 만류하다는 뜻이 더 강하다.

| 유왕산 추모제 | 백제 유민들은 해마다 음력 8월 17일에 유왕산에 모여 끌려간 왕과 백성들을 추모했다. 그 전통은 부여군의 지원 아래 지금까지도 이어지고 있다.

　그러나 의자왕 일행은 속절없이 그렇게 끌려갔고, 유왕산 산마루에서 한없이 눈물을 흘리며 끌려가는 왕을 전송한 백성들은 헤어지면서 이날을 잊지 말자며 매년 음력 8월 17일이 되면 여기서 만나자고 약속했다. 이것이 오늘날까지 이어져 내려오는 '부여 유왕산놀이'이다. 백제 역사의 마지막 장면은 낙화암에서 삼천궁녀가 떨어지는 것이 아니라, 백성들이 유왕산에 올라 끌려가는 의자왕을 안타까움의 눈물로 전송하는 모습이다.

　그런데 유왕산놀이가 해마다 음력 8월 17일 열리는 것은 미스터리다. 의자왕이 사비에서 중국으로 끌려간 날짜는 『삼국사기』에 명확히 음력 9월 3일로 나와 있다. 또 지금 국립부여박물관 옥외에 있는 당나라 장수 유인원(劉仁願)의 비문에서도 음력 9월 3일로 되어 있다. 다만 정림사지 오층석탑에 새겨져 있는 '대당평백제국비명(大唐平百濟國碑銘)'에는 음력 8월 15일로 되어 있어, 이날 구드래를 떠났으면 17일에 유왕산을 지났을 가능성은 있다. 아무튼 의자왕은 음력 9월 3일 구드래를 떠났고, 유왕산놀이는 음력 8월 17일에 열린다.

『삼국사기』의 의자왕

사실 의자왕은 삼천궁녀와 향락에 빠졌던 왕이 아니라 재위 20년(641~60) 내내 신라를 공략한 전쟁의 제왕이었다. 의자왕이 태어난 해는 확실히 알 수 없지만 맏아들로 알려진 부여융이 615년에 태어났음을 생각할 때 대략 600년 무렵에 태어난 것으로 추정할 수 있다. 그리고 660년 8월에 당나라로 압송된 지 얼마 안 되어 11월에 사망하여 낙양 북망산(北邙山)에 묻혔다고 하니 향년 60여 세로 추정된다. 『삼국사기』의 의자왕 기사를 보면 태자 시절부터 훌륭한 인물로 나온다.

의자왕은 무왕의 원자(元子)로 용맹담대하고 결단성이 있어 무왕 33년(632)에 태자가 되었는데 부모를 효도로써 섬기고 형제간에는 우애가 있어 당시 사람들은 '해동증자(海東曾子)'라 불렀다. 무왕이 돌아가시자 태자로서 뒤를 이어 즉위하였다.

이에 당태종은 사신을 백제로 보내 의자왕을 '주국대방군왕백제왕(柱國帶方郡王百濟王)'으로 책봉했다고 한다. 이로써 의자왕은 국제적으로(당나라로부터) 정통성을 확보했다. 641년 8월에는 사신을 당나라에 파견하여 사의를 표하고 방물(方物)을 바쳤다. 그리고 이듬해(642) 곧바로 신라를 공격했다.

2월에 왕은 주(州), 군(郡)을 순무하고 죽을 죄를 진 자를 제외하고는 모든 죄수를 석방하였다. 7월에 왕은 친히 군사를 거느리고 신라를 침공하여 미후성(彌猴城) 등 40여 성을 함락시키고 8월에는 장군 윤충(允忠)에게 명하여 군사 1만 명으로 신라의 대야성(大耶城)을 공격하니 성주 김품석(金品釋)은 처자와 함께 나와 항복하였으나 윤충은 이를 모두 죽여 그 목을 잘라 신라 서울로 전하고 남녀 1천여 명을 사로잡아 나라 서쪽의 주, 현에 흩어져 살게 하고 군사를 주둔시켜 그 성을 지키게 하니 의자왕은 공로를 치하하여 윤충에게 말 20필과 곡물 1천 석을 상으로 내렸다.

대야성은 옛 가야 지역인 오늘날의 합천으로 신라 내륙으로 통하는 국방상의 요충지이며, 성주 김품석은 훗날 태종무열왕이 되는 김춘추의 사위였다. 김품석을 잔인하게 죽인 것을 백제 성왕이 관산성에서 치욕적으로 죽음을 당한 일에 대한 보복으로 해석하기도 한다.

당나라의 중재

의자왕은 쉼 없이 신라를 침공했다. 그러자 신라가 당나라에 중재를 요청했다는 사실이 의자왕 3년(643) 기사에 다음과 같이 나온다.

11월에 왕이 고구려와 화친하고 신라 당항성(黨項城, 지금의 화성 구봉산 일대)을 공격하여 취하고 신라에서 당나라로 가는 길목을 차단하려 하자, 신라왕 덕만(德曼, 선덕여왕)이 사신을 급히 당나라로 보내어 구원을 요청하므로 의자왕이 이를 중지하였다.

이후에도 백제의 신라 공략은 계속되었다. 번번이 김유신 장군에게 막혔지만 의자왕의 침공은 그치지 않았다. 이에 신라가 당나라에 거듭 중재를 부탁한 사실이 『삼국사기』에 나온다. 의자왕 11년(651) 기사에는 "당나라에 갔던 사신이 돌아올 때 당 고종의 옥새가 찍힌 글을 가져왔는데 당 고종이 타이르기를 다음과 같이 말하였다"며 그 전문이 실려 있다.

해동의 세 나라는 역사가 오래되고 영토가 나란히 붙어서 땅이 마치 개 이빨처럼 (들쭉날쭉) 생겼는데, 근대 이래로 마침내 서로 미워하고 틈이 벌어져 전쟁이 번갈아 일어나니 편안한 해가 거의 없었다. (…)

지난해 고구려와 신라의 사신들이 함께 와서 조공할 때, 짐은 이러한 원한을 풀어 다시 돈독하게 지내며 화목하라고 명하였다. 신라 사신 김법민(金法敏, 훗날의 문무왕)이 아뢰어 말하기를, "고구려와 백제가 입술과 이처럼 서로 의지하면서 마침내 방패와 창을 들고 번갈아 쳐들어오니 큰 성과 중요한 진이 모두 백제에게 병합되어 국토가 날로 줄어들고 위력도 아울러 약해졌습니다. 바라건대 백제에 조서를 내려 침략한 성을 돌려주게 하소서. 만약 조서를 받들지 않는다면 곧 (우리) 스스로 군사를 일으켜 쳐서 빼앗겠습니다. 단지 옛 땅만 얻으면 곧 화해하자고 청하겠습니다."라고 하였다.

짐은 김법민의 말이 순리에 맞으므로 허락하지 않을 수 없다. (…) (의자)왕은 빼앗은 신라의 성을 모두 본국에 돌려주어야 한다. 신라는 사로잡은 백제 포로들을 또한 왕에게 돌려보낼 것이다. 그런 뒤에야 근심이 풀리고 분규가 풀리며, 창을 내려놓고 갑옷을 벗어 백성들이 어깨를 쉬는 소원을 이루고, 세 번국(蕃國) 간 전쟁의 고통이 없어질 것이다. (…)

만일 왕이 할 일과 그만둘 일을 (짐의 말처럼) 따르지 않는다면 짐은 김법민이 요청한 바에 따라 그가 왕과 결전하도록 맡기고, 또한 고구려가 구원하지 못하게 할 것이다. (…) 왕은 짐의 말을 깊이 생각해서 스스로 많은 복을 구하며, 좋은 방책을 살피고 찾아서 후회하는 일이 없도록 하라.

그러나 백제 의자왕의 신라 공략은 잠시 주춤했을 뿐 의자왕 15년(655) 다시 신라를 쳐들어갔다.

8월에 왕이 고구려 및 말갈과 함께 신라의 30여 성을 공취하니 신라 왕 김춘추(무열왕)가 사신을 당으로 파견하여 '백제가 고구려 및 말갈과 함께 북쪽 경계선의 30여 성을 공격하여 함락시켰다'는 글을 올렸다.

이것이 당시 삼국 간 전쟁의 상황이었고 당나라가 여기에 개입하게 되는 명분이었다.

의자왕 말년의 사치와 망조

이처럼 신라를 공격하는 데 전념해온 의자왕이 무슨 이유인지 의자왕 15년에 태자궁을 수리했는데 극치 사치스러웠다고 『삼국사기』에 전하고 있다. 그리고 이듬해인 의자왕 16년(656)에는 다음과 같은 한심스러운 기사가 나온다.

봄 3월에 왕이 궁인들과 음란과 향락에 빠져서 술 마시기를 그치지 않으므로 좌평 성충(成忠)이 적극 간언하였다. 이에 왕이 노하여 그를 감옥에 가두었다. 이로 말미암아 감히 말하려는 자가 없었다.

이때 성충은 감옥에서 굶주려 죽었는데, 죽음을 앞두고 왕에게 다음과 같은 글을 올렸다.

충신은 죽어도 임금을 잊지 않는 것이니 한 말씀 드리고 죽고자 합니다. 제가 줄곧 형세 변화를 살펴보았는데 틀림없이 전쟁이 일어날 것입니다. 무릇 군사를 움직일 때는 반드시 지형을 잘 선택해야 하는데 상류에서 적을 맞아야만 (나라를) 보전할 수 있습니다. 만일 다른 나라 군사가 오거든 육로로는 침현(沈峴, 혹은 탄현)을 지나지 못하게 하고, 수군은 기벌포(伎伐浦, 금강 하구) 기슭으로 들어오지 못하게 하십시오. 험준한 곳에 의거하여 방어해야만 이길 수 있습니다.

그러나 의자왕은 이 말을 새겨듣지 않았다. 그리고 백제 멸망 한 해 전인 659년 5월부터 불길한 징조들이 계속 나타나더니 9월, 대궐 뜰에 있는 홰나무가 사람이 곡하는 소리처럼 울었으며 밤에는 대궐 남쪽 행로에서 귀신의 곡소리가 들렸다.

그리고 백제가 멸망하는 660년 봄 2월엔 사비하(백마강)의 물이 핏빛처럼 붉었다. 5월에 귀신이 하나 대궐 안으로 들어와 "백제가 망한다. 백제가 망한다."라고 크게 외치다가 곧 땅속으로 들어갔다. 왕이 이상하게 생각하여 사람을 시켜 땅을 파게 했다. 석 자가량 파 내려가니 거북이 한 마리가 발견되었다. 그 등에 "백제

는 보름달 같고, 신라는 초승달 같다(百濟同月輪, 新羅如月新)"라는
글이 있었다.

백제의 최후와 멸망

660년 6월 21일, 소정방이 이끄는 13만 병력이 덕물도(德物島,
인천 덕적도)에 이르니 신라 왕 김춘추는 김유신 장군에게 정예
군사 5만 명을 거느리고 백제 국경으로 나아가게 했다. 의자왕은
이 소식을 듣고 군신들을 모아 공격과 수비 중에 어느 것이 마땅
한지 판단하려 했으나 마땅한 방도가 없어 귀양 가 있는 좌평 흥
수(興首)에게 물었다. 흥수는 성충이 유언한 대로 백강(금강) 입구
를 막아 적의 해군이 진입하지 못하도록 하는 한편 육로로는 탄
현을 봉쇄하여 적군의 요충지 진입을 사전에 차단해야 한다고 했
다. 그러나 대신들은 흥수가 귀양살이의 원한을 품고 그렇게 주
장하는 것이라며 이 계책에 반대했다.

그러는 사이 이미 신라군 5만 명이 탄현을 넘어왔다. 할 수 없
이 계백 장군으로 하여금 결사대 5천 명을 이끌고 황산벌에서
신라군을 막도록 하니, 계백은 4번이나 이기는 기염을 토했으나
10대 1의 수적 열세를 극복하지 못하고 다음에 벌어진 5번째 싸
움에서 신라군에게 패했고, 장렬하게 전사했다.

이때 당나라 군사는 조수가 밀려오는 기회를 타고 배를 잇대
어 북을 치고 떠들면서 들어오고, 소정방은 보병과 기병을 거느

| **유왕정** | 유왕산 정상에는 유왕정이라는 정자와 함께 백제유민정한불망비(百濟流民情恨不忘碑)
가 세워져 있다.

리고 곧장 도성 30리 밖까지 와서 멈추었다. 백제 군사들이 모두
나가서 싸웠으나 다시 패배하여 사망자가 1만여 명에 달했다. 당
나라 군사는 승세를 타고 성으로 육박하여 7월 13일에 사비성이
당나라군에게 함락당하고 말았다.

공주로 피신했던 의자왕은 더 이상 버틸 수 없음을 알고 "성충
의 말을 듣지 않아 이 지경에 이른 것이 후회스럽구나"라고 탄식
하고는 마침내 항복하고 말았다.

이때 백제에는 5부(部) 37군(郡) 200성(城) 76만 호(戶)가 있었
다고 한다. 1호를 5인으로 치면 인구가 약 380만 명이었다는 계
산이 나온다. 소정방은 백제 지역에 웅진(熊津)·마한(馬韓)·동명

(東明)·금련(金漣)·덕안(德安) 다섯 도독부를 두어 휘하 장수들이 다스리게 하고 그는 의자왕과 왕자 4명(효·태·융·연), 대신(大臣)과 장사(將士) 88명, 그리고 백성 12,870명을 데리고 당나라 수도로 떠났다.

유왕산 추모제와 반보기

백제 유민들은 해마다 음력 8월 17일이면 유왕산에 모여 끌려간 왕과 백성들을 추모했다. 처음에는 그렇게 추모의 정으로 시작된 모임이 세월이 더 흐르면서는 멀리 떨어져 사는 사람을 오랜만에 만나는 축제의 놀이로 변모했다. 그래서 유왕산의 이름은 만류할 유(留)자에서 놀 유(遊)로 바뀐 유왕산(遊王山)이 되었다.

이 유왕산놀이는 해방 직전까지 이어져 1956년 홍사준 당시 부여박물관장이 펴낸 『백제의 전설』에 기록으로 남아 있다. 이에 의하면 이 풍속은 매년 음력 8월 17일에 부녀자들 중심으로 떡과 밥을 가지고 산에 올라 하루를 즐겁게 보내는 '반보기' 놀이로 변해 있었다고 한다.

민속학자 임동권 선생의 『유왕산놀이 발굴조사보고서』(부여문화원 1999)에 의하면 이 반보기 놀이란 중부 이남 지방의 농촌 풍속이다. 전통 유교사회에서는 부녀자들의 외출이 자유롭지 못하고 출가외인의 법도를 중시했으므로 서로 얼굴을 보기 위해서 세시명절에 두 집의 중간 위치에서 만나곤 했다. 이를 하루의 반나절만 만난다는 뜻에서 반보기라고 했으며 중로상봉(中路相逢)이라고도 했다.

반보기는 보통 농한기나 추석 무렵에 인근의 명승지나 경치 좋은 계곡에서 각기 정성을 들여 준비한 음식을 나누어 먹으면서 회포를 풀고 우의를 다지는 풍습인데, 현대 사회로 들어오면서 자연히 거의 다 사라져버리고 말았다. 그런데 유왕산놀이는 이 지역의 민속놀이로 간직되고 있어 유왕산 추모제와 함께 우리가 지켜야 할 무형문화유산으로 남아 있다. 이후 부여군은 유왕산놀이의 맥이 끊기지 않도록 지원해주고 있다.

백제「산유화가」

우리의 유왕산 답사는 예정대로 「산유화가」의 무형문화재 전승 교육사인 송관섭 씨 초대 시연회로 이어졌다. 「산유화가」는 본래 백제시대 노래로 그 곡조(소리)는 전하나 가사는 전하지 않는다고 한다. 이사질(李思質)은 『흡재집(翕齋集)』에서 다음과 같이 증언했다.

「산유화가」는 충청지방의 농요(農謠)인데 세상에는 백제 왕이 남긴 노래라고 전한다. 내가 일찍이 부여의 노인들에게 들으니 의자왕대에 「산유화가」와 「고유란가(皐有蘭歌)」 두 노래가 있었는데 백제가 망한 후에 「산유화가」는 농요에 남았고 「고유란가」는 일

실되어 전하지 않는다고 한다. 지금 부여현 북쪽에 고란사가 있는 것이 그 증거다.

내가 농요를 들으니, 한 사람이 당시의 노래를 일어나서 부르니 여러 농부가 그에 화답하여 어난난(於難難)이라 하였다. 이른바 난난이라는 것이 본래 곡조인데 오직 이것 하나 남아 있는 것 같다. (…) 지금 「산유화가」는 비록 전하지 않지만 내가 생각해보건대 산꽃이나 고란의 향기에 흥을 가탁하여 깊은 정과 푸짐한 뜻을 나타낸 것이 아닐까 싶다. 그 노래가 없어졌다고 해서 그에 담긴 정서를 가릴 수 있겠는가.

백제의 노래 「산유화가」는 이처럼 농요로 전해지고 있다. '산유화'의 한자 표기는 두 가지가 전한다. 하나는 놀 유(遊)자를 쓴 '산유화(山遊花)'이고 또 하나는 있을 유(有)자 '산유화(山有花)'이다. 그 유래에 대해서는 여러 주장이 있으나 놀 유(遊)자 '산유화(山遊花)'는 '뫼놀꽃'의 한자 또는 이두식 표기로 삼남 지방(충청도·전라도·경상도)에서 농부들이 들일을 하면서 부르는 '메나리'와 같은 뜻으로 해석되기도 한다.

「산유화가」는 농요이기 때문에 여럿이 협동으로 논일·밭일을 하면서 소리를 메기는 사람이 선창을 하면 일하는 사람들은 후렴을 받는 형식으로 모심기, 김매기, 벼 바심(타작) 등 일의 성격에 따라 노래 가사가 다르고 즉흥적 가사가 삽입되곤 한다.

「산유화가」의 가사는 입에서 입으로 전해지는 것이기 때문에

| 백제의 노래 「산유화가」 공연 | 「산유화가」는 농요로 전승되어 해마다 백제문화제가 열리면 무형 문화재 보유자들이 이를 시연해 보여준다.

이를 녹취해 기록한 이에 따라 다르고 오늘날의 전승자에 따라서 도 다르다. 그래서 그 내용이 자기 세월을 노래하는 가사로 변하고 변해서 백제의 자취는 아주 흐리게 남아 있다. 노래 앞머리에 는 "산유화야 산유화야"라는 가사가 있거나 말미에 "어화 어화 상 사뒤요"로 끝난다.

산유화야 산유화야 네 꽃 피어 자랑 마라. 어화 어화 상사뒤요.
구룡포 넓은 들에 모춤소리 한창이요. 어화 어화 상사뒤요.
한산의 베틀가는 어깨춤이 절로 난다. 어화 어화 상사뒤요.

농사일이 바쁘건만 부모형제 구제한다. 어화 어화 상사뒤요.

산유화야 산유화야, 이포에 남당산은 어찌 그리 유정턴고, 어화 어화 상사뒤요.
매년 팔월 십칠일은 웬 아낙네 다 모인다. 어화 어화 상사뒤요.
산유화야 산유화야, 무슨 모의 있다더냐. 어화 어화 상사뒤요.

이 「산유화가」는 부여군 세도면 장산리를 중심으로 전해져 충청남도 무형문화재 제4호(1982년)로 지정되어 보존회에서 전승하고 있다. 유왕산 답사 때 초대된 송관섭 전승교육사는 우리 앞에서 다섯째 소절이라며 장고 장단에 맞추어 이렇게 노래했다.

이별 별(別)자 네 서러 마소, 만날 봉(逢)자 또 다시 있네.
명년 8월 17일에 악수논정 다시 하세.

악수논정(握手論情)이란 손잡고 정을 나누자는 뜻이다. 백제의 역사는 그렇게 끝났고 백제의 후손들은 지금도 해마다 유왕산에서 '악수논정'하고 있다.

유왕정에서 바라보는 백마강은 참으로 유장하다. 상류 쪽을 바라보니 들판이 아득하게 펼쳐지고 하구 쪽을 바라보니 강물은 하염없이 흘러간다. 그 물길 따라 끌려간 의자왕과 백성들을 생각하자니 절로 비장감이 감도는데 유왕산을 내려오는 돌계단 양쪽

| **유왕산 정상으로 오르는 돌계단** | 돌계단 주위엔 꽃무릇이 심어져 있어 해마다 유왕제가 열리는 가을이면 애잔한 빛깔로 붉게 피어나고 있다.

에는 새빨간 무릇꽃이 그리움에 지친 듯 피어 있어 사람의 심사

를 애잔한 서정으로 젖어들게 한다.

신라 1

금관총

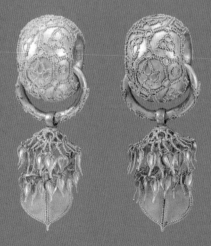

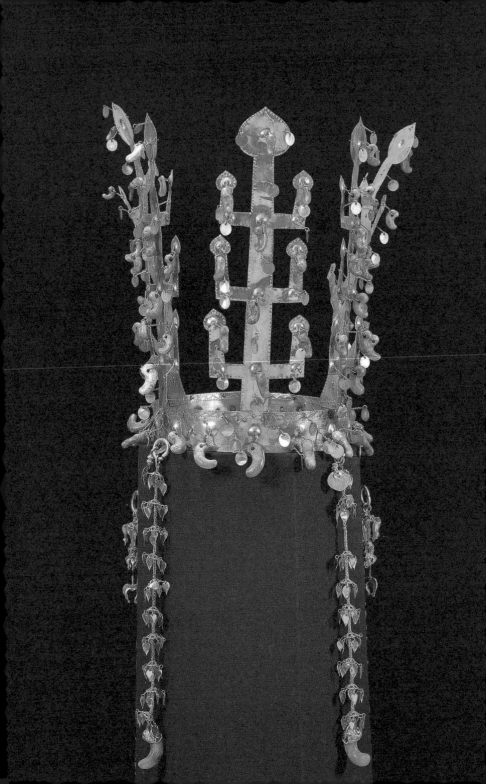

이사지왕(尒斯智王)의
칼과 금관

천년고도 경주의 문화유산

경주는 신라 천 년(기원전 57년~기원후 935년)의 수도로 당시 이름은 서라벌(徐羅伐), 금성(金城), 계림(鷄林)이었다. 세계에서 1천 년간 수도를 지낸 이른바 천년고도(千年古都)로는 경주 외에 이집트의 카이로, 이탈리아의 로마, 프랑스의 파리, 중국의 서안(西安, 시안), 일본의 교토 등이 있다. 그러나 많은 천년고도들이 왕조를 바꿔가며 수도의 지위를 유지한 것임에 반해 경주는 오직 한 왕조의 수도였다는 점에서 그 의의가 각별하다.

게다가 신라 멸망 후에도 경주는 옛 왕도로서 예우를 받았다. 고려시대에는 동경(東京)으로 불리며 이곳의 신라 불교문화가 그대로 이어졌고, 조선시대에는 한때 경상도 감영(監營)이 위치해 있었고 종2품의 부윤(府尹)이 다스린 대도회를 이뤄 많은 유교문화 유적을 낳았다. 그런가 하면 근대에 들어서면서는 수운 최제우의 동학이 여기에서 일어났다. 이렇듯 경주의 문화유산은 실로 방대하고 다양하다. 이는 세 차례에 걸쳐 각기 다른 경주 유적들이 유네스코 세계유산으로 등재되었다는 진기록으로도 알 수 있다.

1995년 경주의 '석굴암과 불국사'가 한국의 문화유적으로는 처음으로 유네스코 세계유산에 등재되었다. 이는 말할 것도 없이 통일신라의 대표적인 불교유적이다. 다음으로 2000년에 '경주역사유적지구'가 지정되었다. 모두 다섯 구역으로 ①월성 지구 ②황룡사 지구 ③남산 지구 ④대릉원 지구 ⑤산성 지구 등 사실상 옛 서라벌 전체에 해당한다. 여기에는 황남대총, 천마총, 첨성대, 월성, 명활산성, 남산 불곡과 탑곡 마애불 등 대부분 고신라시대 유적들이 산재해 있다. 세 번째로 2010년에 경주 양동마을이 안동 하회마을과 함께 '한국의 역사마을: 하회와 양동'으로 지정되었다. 특히 양동마을의 옥산서원은 2019년 '한국의 서원' 아홉 곳 중 하나로 재지정되어 유네스코 세계유산 2관왕이 되었다.

따라서 경주의 문화유산이 우리나라 전체의 문화유산 분포에서 차지하는 비중도 막대하다. 내가 『나의 문화유산답사기』 첫 권을 펴낼 때 모두 16편의 글로 구성하면서 경주에만 3편이나 할애하자 너무 편향된 관심이 아니냐는 물음이 이어졌다. 그때 나는 단호하게 "아니다"라고 말했다. 이렇게 하는 것이 오히려 문화유산 분포의 비중에 어울린다고 답했다.

이뿐 아니라 이후에도 경주는 나의 답사기에 계속 등장하여 2권에서는 석굴암을 3편으로, 3권에서는 불국사를 2편으로 다루었다. 그럼에도 나의 경주 답사기는 갈 길이 멀다. 지금까지 내가 다룬 경주의 유적들은 거의 다 통일신라시대에 꽃피운 문화유산이고 고신라에 대해서는 진평왕릉, 첨성대 등 통일 직전 선덕여왕 때 유적들을 잠시 언급했을 뿐이다. 아직도 저 옥외의 불교 박물관이나 다름없는 경주 남산과 시내에 장대하게 퍼져 있는 신라 고분 답사기가 남아 있다.

이제 나의 답사기가 끝을 향해 달리며 시대순으로 국토박물관을 밟아가고 있는데 고신라 유적지로 대릉원의 신라 고분을 다루게 되었으니 미리 알고 이렇게 남겨둔 것인 양 절묘하게 들어맞게 되었다.

사실 그동안 나는 신라 고분 답사기를 미뤄왔다. 그 이유는 신라 왕릉 답사는 뚜렷한 볼거리가 있는 것이 아니라 고분과 고분 사이를 산책하는 것이므로 답사를 초급·중급·고급으로 나눌 때 고급반 코스이기 때문이다. 신라 고분을 제대로 답사하자면 상당한 사전지식이 필요하다. 그 답사의 키워드는 신라왕릉, 마립간, 금관, 일제 때의 고분 발굴, 적석목곽분 등 전문성 있는 주제들이다.

또 하나의 이유는 2007년 내가 문화재청장을 지낼 때부터 시작된 쪽샘지구 발굴이 계속되고 있었고, 2015년부터는 일제강점기 때 부실하게 발굴되었던 금관총, 금령총, 서봉총에 대한 대대적인 재발굴이 계속되어 그 결과를 기다려왔기 때문이다. 이 기다림 끝에 우리는 신라 고분에 대한 새로운 사실을 많이 알게 되었다.

지금 금관총 자리에는 '금관총 보존전시공간'이 들어서 고분 내부를 재현해놓아 말로 설명하기 힘든 적석목곽분의 구조를 명확히 보여주고 있고, 주요 출토 유물의 정밀 복제품도 전시하고 있어 금관총의 모든 것을 현장에서 실감나게 보여준다. 그리고 올해(2023) 6월 30일에는 '신라고분정보센터'가 개관해 첨단기술을 동원하여 신라 고분에 관한 정보를 친절하게 전하고 있다. 그리하여 신라 고분 답사는 더 이상 노년의 답사 코스가 아니라 초급부터 고급까지 즐길 수 있는 경주 답사의 하이라이트 중 하나가 됐다.

경주 시가지와 신라 고분 분포

천년고도 경주에서 가장 인상적인 역사 경관은 시내 중심가에 널리 퍼져 있는 거대한 신라 고분들이다. 이는 경주를 찾아온 사람들이 받는 강렬한 첫인상이기도 하다. 경주 시내에서 신라 고분이 차지하는 위상을 이해하려면 도시공학에서 말하는 로케이션(location, 입지)을 알아야 한다.

경주라는 도시의 구조를 알기 위해서는 산과 강, 그리고 들판이 어우러지는 자연지리부터 살펴보아야 한다. 경주는 서악(西岳)이라 불리는 선도산(仙桃山), 남산이라 불리는 금오산(金鰲山)과 고

| 경주 유적 지도 | 천년고도 경주의 가장 인상적인 역사적 경관은 시내 중심가에 널리 퍼져 있는 거대한 신라 고분들이다.

위산(高位山), 동쪽의 토함산(吐含山)이 감싸고 북쪽으로 들판이 열려 있는 드넓은 분지다.

이 분지가 이루고 있는 시내의 기본 골격은 2개의 개천이 분할하고 있다. 시내 북쪽은 알천(閼川)이라 불리는 북천이 보문호에서 흘러내리고, 남쪽은 문천(蚊川)이라 불리는 남천이 토함산과 남산의 실개천을 모아 흐르며 모두 서악에 바짝 붙어 흐르는 형산강으로 흘러든다. 이 형산강, 남천, 북천이 이루는 엇비슷한 네모난 공간이 바로 경주의 다운타운이다.

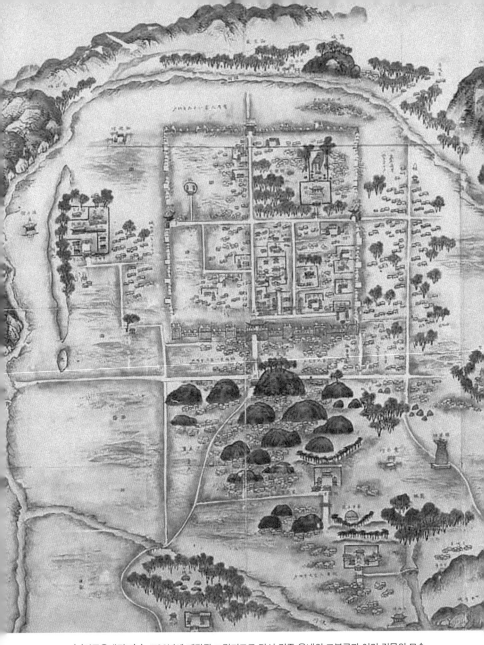

| 〈**경주읍내전도**〉 | 1789년에 제작된 그림지도로 당시 경주 읍내의 고분군과 여러 건물의 모습을 사실적으로 그렸다.

북천과 남천 사이에는 경주 시내를 동서로 가로지르는 태종로와 분황로가 엇갈리지 않게 뻗어 있는데 이 두 길을 기준으로 남쪽은 옛 서라벌의 영역이고, 북쪽은 오늘날의 경주 시가지다.

　남쪽 서라벌 구역의 동쪽은 황룡사, 분황사, 월성(반월성), 월지(안압지), 계림, 첨성대, 석빙고, 향교 등으로 이루어진 서라벌 시대의 왕궁, 관아, 사찰 구역으로 그 모서리에 오늘날의 국립경주박물관이 있다.

　그 반대편으로 서쪽에는 박혁거세의 오릉, 대릉원이 있는 황남동, 쪽샘지구라 불리는 황오동, 인왕동의 고분들이 퍼져 있고 태종로 건너 노동동·노서동 시가지까지 깊숙이 들어가 있다. 이 노서동과 노동동에는 금관이 출토된 금관총, 금령총, 서봉총, 그리고 신라 고분 중 가장 규모가 큰 봉황대가 있다. 그러니까 경주는 도심 속에 신라 고분들이 있는 것이 아니라 도시가 팽창하면서 시가지가 신라 고분 영역으로 파고 들어온 것이다.

　이처럼 경주시내 남쪽이 서라벌의 왕실과 고분 구역이라면 북쪽은 민가 구역이었다. 세월이 흐르면서 왕실 구역은 폐허가 되면서 건물들이 다 사라지고 거대한 봉분들만 남게 되었지만 북쪽 구역은 고려·조선시대를 거쳐 근·현대까지 민가들이 이어져 오늘날에 이르고 있다. 시장, 병원, 소방서, 우체국, 법원지원, 검찰지청, 경찰서, 경주역(현재는 폐쇄), 고속버스터미널, 경주중·고등학교, 경주여자고등학교, 화랑·월성·계림·흥무초등학교 등이 모두 여기에 모여 있다. 현재 경주시청 청사는 북천 너머 바깥쪽에

| 하늘에서 본 경주 노서동·노동동 고분군과 대릉원 일대 |

있지만 이는 1995년 경주시와 경주군(월성군)이 합쳐지면서 경주군청 자리에 들어간 것이고 그 전에는 지금 대릉원 길 건너 신라대종이 걸려 있는 공영 주차장 자리에 있었다.

신라 고분의 일련번호

신라 고분은 경주 시내에만 있는 것이 아니다. 경주 외곽 동서
남북으로 널리 퍼져 있는데 크게 보아 고신라 시기 고분은 시내
에 있고 통일신라 무덤은 교외에 있다. 경주 시내에 있는 신라 고
분에는 일련번호가 붙어 있는데 이는 1925년에 조선총독부에서

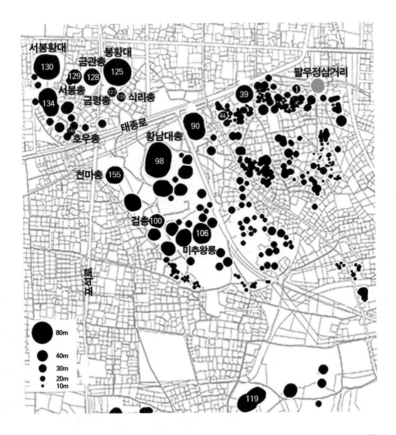

서봉황대
봉황대
금관총
130 129 128 125 팔우정삼거리
서봉총
금령총 식리총
134
태종로
호우총 황남대총
90
98
천마총 155
검총100
106
미추왕릉

80m
40m
30m
20m
10m

119

| 신라 고분 분포도 | 경주 시내의 신라 고분에는 1번부터 155번까지 1925년 조선총독부가 부여한 일련번호가 붙어 있다. 그밖에도 수많은 고분들이 있어 모두 합하면 대략 1천기에 달한다.

〈경주읍 남(南)고분 분포도〉를 작성하며 부여한 것이다. 이 일련 번호는 체계적이지 않아 매우 혼란스럽지만 지난 100년간 유적 번호로 사용해온 것이기 때문에 신라 고분을 답사하자면 기초 지 식으로 그 대략을 알아둘 필요가 있다.

그때 일제는 무슨 이유에서인지 해장국거리가 있는 팔우정삼거리에서 1번부터 매기기 시작하여 황오동 쪽샘지구와 지금 대릉원이 있는 황남동, 그리고 향교가 있는 교동 일대의 고분에 124호까지 부여했다. 그중 98호분이 황남대총이다.

그러고는 태종로 큰길 건너 북쪽의 노동동·노서동으로 와서 봉황대를 125호, 발굴을 마친 식리총에 126호, 금령총에 127호, 금관총에 128호, 서봉총에 129호를 매긴 다음 서봉황대라고도 불리는 거대한 봉분에 130호를 부여했다. 그리고 노서동 일대의 크고 작은 고분을 142호까지 매겼다. 그런 다음 또 무슨 이유에서인자 다시 길 건너 남쪽으로 내려가 누락된 고분마다 번호를 모두 부여하니 155호에 이르렀다. 그 마지막 번호인 155호분이 바로 천마총이다.

그렇다고 해서 경주 시내에 신라 고분이 155기만 있는 것은 아니다. 봉분이 남아 있는 고분에 붙인 것만 그렇다는 것이고 이 일대에는 무수히 많은 고분들이 더 있었다. 이를테면 미추왕릉지구라 불리던 곳을 오늘날의 대릉원으로 조성하기 위하여 계림로, 월성로 일대를 발굴 정비할 때는 대학박물관 발굴단들을 총동원하여 수백 기의 고분을 발굴했다. 모두 합하면 대략 1천 기에 달했다.

이처럼 경주 시내 신라 고분은 구역이 여럿으로 나뉘어 있지만 문화재청은 2011년, 이를 하나로 통합하여 '경주 대릉원 일원'(사적 제512호)으로 재지정하여 관리하고 있다.

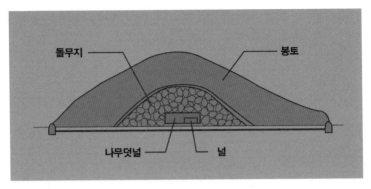

| 돌무지덧널무덤의 구조 | 경주 대릉원 일원의 대형 고분들의 특징은 그 내부 구조가 돌무지덧널 무덤이라는 것이다.

돌무지덧널무덤과 마립간

'경주 대릉원 일원'의 대형 고분들은 몇 가지 특징이 있다. 첫째는 외형상으로 봉분이 크다는 점이다. 그중 몇몇 대형 고분은 왕릉으로 추정되고 있다. 둘째는 금관을 비롯하여 화려한 부장품을 다수 안치했다는 점이다. 그리고 셋째는 무덤의 내부 구조가 적석목곽분(積石木槨墳), 즉 돌무지덧널무덤이라는 독특한 구조라는 점이다.

신라의 초기 묘제로 1세기 전후 가장 먼저 등장한 것은 간단히 관(棺, 널)을 매장한 목관묘(木棺墓, 널무덤)로 경주 교외 조양동, 사라리 유적 등이 있다. 이것이 3~4세기 국가형성기가 되면 관을 보호하고 부장품을 안치하는 목곽묘(木槨墓, 덧널무덤)로 발전한다. 대표적인 유적지가 시내 황오동과 월성로 고분군이다.

그리고 4세기 후반 마립간 시기에 적석목곽분이 갑자기 등장했다. 이는 지상 또는 지하에 목곽(덧널)을 넓게 두른 다음 그 안에 목관(널)과 부장품을 안치하고 그 주위를 적석(積石), 즉 무수한 돌무지로 쌓은 다음 흙을 덮어 봉분을 만든 것이다.

이 대릉원 일원의 고분은 대개 마립간 시기(356~500)에 조성된 것으로 생각되고 있다. 신라왕의 칭호는 계속 바뀌었다. 시조 박혁거세는 거서간(居西干)이라 했다. 거서간은 군주를 일컫는 신라 고유의 칭호로 거슬한(居瑟邯)이라고도 했다.

2대 남해왕은 차차웅(次次雄)이라 했다. 차차웅은 무(巫)의 신라 방언으로 제정일치 사회에서 제관(祭官)을 말하는 것으로 알려져 있다. 3대 유리왕부터 16대 흘해왕까지는 이사금(尼師今)이라 했다. 이사금은 이(齒)가 많은 사람, 즉 연장자라는 뜻으로 부족사회에서 연장자를 족장으로 추대하는 데에서 유래하여, 나중에 '님금'을 거쳐 '임금'으로 변한 것으로 생각되기도 한다.

마립간과 경주김씨

그리고 17대 내물왕(재위 356~402)부터 마립간(麻立干)이라고 했다. '마립'은 마루(宗)의 어원에 해당하는 말로 으뜸 또는 높다는 뜻이고 '간'(干, 汗, khan)은 지도자, 즉 왕이라는 뜻이다. 마립간 시기부터 신라는 중앙집권제가 강화되어 고대국가의 토대를 갖추게 된다. 특히 왕위의 부자세습제가 확립되어 이후 경주 김씨들이 왕위를 계속 이어가며 왕권 강화가 이루어졌다.

신라 초기에는 박(朴)·석(昔)·김(金) 씨가 번갈아가며 왕위를 맡았다고 하나 실제로 박씨와 석씨가 주로 맡았다. 경주김씨의 시조인 김알지는 왕위에 오르지 못했다. 김씨가 처음으로 왕위에 오른 것은 제13대 미추이사금(재위 262~84년) 때였다. 그리고 284년 미추왕이 죽자 '대릉(大陵)에 장사지냈다'고 『삼국사기』는 전하고 있다. 여기에 대릉원 이름의 유래가 있다.

그리고 17대 내물왕 이후 김씨가 주로 왕위를 세습하게 되어 멸망 직전 53대 신덕왕, 54대 경명왕, 55대 경애왕 등 3대 15년(912~27)간의 박씨 왕들을 제외하고는 마지막 56대 경순왕까지 김씨가 왕위를 이어갔다.

마립간은 17대 내물(356~402) − 18대 실성(402~417) − 19대 눌지(417~458) − 20대 자비(458~479) − 21대 소지(479~500) 마립간까지 5대 150년간 이어졌다. 그리고 22대 지증 마립간(500~514)에 이르러서는 즉위 4년(503)부터 공식적으로 신라라는 국호와 함께 '왕(王)'이라는 호칭을 사용하기 시작했다. 따라서 대릉원 일대의 거대한 고분들은 부자세습으로 왕권을 강화한 경주김씨의 왕과 왕족이 왕가의 권위를 과시하기 위해 장대해진 결과로 보인다. 또한 금관을 비롯하여 많게는 수만 점의 부장품을 무덤에 안치한 것 또한 왕가의 위세를 드러내기 위해서였을 것이다.

그러다가 지증왕의 뒤를 이은 법흥왕(514~40)이 서라벌을 떠나 서악 기슭에 묻힌 뒤로는 신라 왕릉들은 경주 교외로 나가게 되었고 무덤의 구조는 석실묘(石室墓, 돌방무덤)로 바뀌었다. 그래

| **개발 이전의 대릉원** | 1970년대 대릉원의 모습. 미추왕릉 등의 왕릉들은 경주김씨 후손들이 조상숭배 차원에서 관리하였으나 고분과 고분 사이는 대부분 알뜰하게 논밭으로 개간되었다.

서 대릉원 일원의 신라 고분은 4세기 후반부터 6세기 초의 마립간 시기로 편년되고 있으며 천마총은 대개 지증왕의 무덤으로 추정되고 있다.

신라 멸망 후 신라 고분

신라 멸망 후 대릉원 일원의 신라 고분들이 어떤 상태로 있었는지에 대해서는 정확한 기록이 남아 있지 않다. 다만 미추왕릉을 비롯하여 전칭(傳稱) 왕릉에 대해서는 후손들이 조상숭배 차원에서 보존·관리한 것으로 추정되며, 그밖의 대부분의 고분들

| **노동동 고분군의 봉황대** | 거대한 규모의 봉황대는 노목으로 자란 느티나무들이 둘러 있어 고분이라기보다 동산처럼 느껴진다.

은 동산 또는 조산(造山)처럼 생각하고 주변에 집을 짓고 밭을 일구며 살아왔다.

한 예로 노동동의 봉황대는 높이 22미터, 지름 82미터로 쌍분이 아닌 단분으로는 가장 규모가 크다. 이름조차 묘(墓)도 능(陵)도 총(塚)도 아닌 대(臺)다. 봉황대 봉분 위에는 족히 4백 년의 수령을 지닌 느티나무 여섯 그루가 고목으로 자라고 있다. 봉덕사에 있던 성덕대왕신종, 일명 에밀레종이 조선시대에는 이 봉황대 곁에 세워져 아침저녁으로 울려 퍼졌다.

그래서 김수흥(金壽興)의 「남정록(南征錄)」, 박종(朴琮)의 「동경유록(東京遊錄)」 등 조선시대 문인들의 경주 여행기에서 봉황대는

| 1915년 이전의 봉황대 | 기와 지붕을 얹은 건물이 성덕대왕신종이 있던 종각이다. 이 종은 1915년까지 이 자리에 있다가 경주부 관아 자리로 옮겨졌다. 지금은 국립경주박물관에 소장되어 있다.

항상 전망대로 등장한다. 다만 고고학적 지식과 사고를 갖고 있던 추사 김정희만은 암곡동 무장사 터를 답사하는 길에 봉황대를 보고는 이는 조산이 아니라 신라 왕릉일 것이라 추측하는 정도였다. 사실 나도 처음에는 봉황대가 신라 고분이라는 사실이 믿기지 않았다.

100년 전 대릉원 일대를 찍은 사진을 보면 고분과 고분 사이는 알뜰하게 논밭으로 개간되어 있다. 송곳 꽂을 자리만 있어도 밭을 일구는 옛 농부들이 이 넓은 빈 땅을 가만히 놓아둘 리가 없었다. 넓은 논 저 멀리로 고분들이 둥근 언덕인 양 어깨를 맞대고 길게 펼쳐져 있다.

그러다 근대에 기차역, 우체국, 학교, 여관 등이 생기며 도시가 팽창하면서 사람들이 고분 아랫자락을 타고 집을 지어 살기 시작했다. 특히 시내와 맞닿은 봉황대 인근의 노동동·노서동 대형 고분 사이는 초가집들이 달동네처럼 빼곡하게 들어섰다.

노동동, 노서동이라는 이름이 당시의 그러한 사정을 말해준다. 이 지역은 거대한 신라 고분 약 20기(125호에서 142호까지)가 모여 있는 곳으로 본래는 큰길이 없었다. 그러다 사람들이 몰려들어와 살면서 봉황대와 금관총 사이로 시내와 연결되는 길을 내고는 동네 사람들이 길 동쪽은 노동, 서쪽은 노서라고 불러왔을 뿐이었는데 1914년 일제가 새 행정구역으로 삼으면서 노동리와 노서리라 명명했다. 세상에 이런 무개념의 싱거운 동네 이름이 있을까 싶다.

언젠가 답사에 참가하여 문화재 안내판을 하나도 놓치지 않고 열심히 읽으며 메모하던 박노해 시인이 노동동·노서동의 유래를 보고는 "참으로 무미건조한 동네 이름입니다"라며 메모를 하지 않고 헛웃음을 짓던 표정이 잊히지 않는다.

일제의 신라 고분 발굴

1905년 을사늑약이 체결되고 일제의 본격적인 식민지 침탈이 시작되면서 경주 시내의 신라 고분들은 수난을 겪게 된다. 그네들은 황국신민 사관을 확립할 목적으로 신공황후(神功皇后, 진구황

| 일제의 신라 고분 발굴 | 1 발굴 중인 황남리 남총 2 석침총 석곽 실측도 3 발굴 중인 검총 4 발굴 후 복구된 보문리 합장묘

후)의 삼한정벌설을 뒷받침해줄 사료를 찾는다며 신라 고분에 주
목했다.

1906년 도쿄대학 출신의 젊은 고고학자 이마니시 류(今西龍)가
오릉 가는 길 남쪽에 있는 황남리 남총(145호)을 조사했다. 그러
나 그는 발굴 경험이 부족하여 이 고분에서 뚜렷한 성과를 내지
못했다. 봉토를 제거하자 육중한 돌더미가 나타나 많은 인부를
고용하여 며칠을 계속 작업했지만 부장품이 들어 있는 매장주체
부를 찾지 못해 인건비만 한없이 들던 와중, 설상가상으로 발굴
갱의 돌더미가 붕괴되어 작업을 단념해야 했다고 한다. 그는 적
석목곽분의 내부구조를 몰랐던 것이다.

이어서 야쓰이 세이이쓰(谷井濟一)가 1909년 황남리 남총을 다시 발굴하려 했으나 실패했다. 이에 태종무열왕릉이 있는 서악리로 가서 고분 하나를 발굴했는데 여기서도 별 성과를 얻지 못하고 무덤에 돌베개가 있었다는 이유로 석침총(石枕塚)이라는 이름만 남겼다. 이 황남리 남총과 석침총에 대해서는 1916년에 간행된 『조선고적도보』 3권에 발굴 당시 사진과 약식 실측도가 실려 있다.

1910년 강제합병이 이루어지자 일제는 본격적으로 경주 고분 발굴에 나섰다. 1915년 전후 당시 고건축, 고미술을 비롯한 문화재의 권위자였던 세키노 다다시(關野貞)의 주관하에 대릉원 미추왕릉 곁에 있는 100호분의 발굴을 시도했다. 이 고분은 비록 봉분의 능선을 잃었지만 지름 44.5미터, 높이 9.7미터로 금관이 출토된 금관총, 금령총과 비슷한 규모의 대형 고분이었는데 별 성과를 거두지 못했다. 발굴보고서가 발간되지 않아 정확히는 알 수 없으나 철검 두 자루 등 철기와 토기 몇 점만 수습하고 '검총(劍塚)'이라는 이름만 붙여놓고 끝냈다. 이것이 미추왕릉 아래쪽 대밭으로 둘러싸여 있는 검총이다.

경주 시내 고분에서 별 재미를 보지 못한 일본인 고고학자들은 가야 고분으로 관심을 돌리는 한편 경주 외곽의 고분을 조사하기 시작하여 명활산성이 있는 보문동의 고분군에서 부부총(夫婦塚), 완총(玩塚), 금환총(金環塚) 등을 발굴했다. 역시 정식보고서는 발간되지 않았는데, 쌍분인 부부총에서는 '전 세계에서 가장

| 일제가 발굴한 유물들 | 1 굵은고리금귀걸이(경주 보문리 합장묘 출토) 2 금동관(양산 부부총 출토)

아름다운 금귀걸이'라는 찬사를 받은 유명한 굵은고리금귀걸이
가 출토되는 큰 성과를 얻었다.

부부총은 발굴 당시엔 북쪽이 남자, 남쪽이 여자 무덤으로 생
각되어 이런 이름을 얻었는데, 2012년 국립경주박물관 연구팀은
보문리 고분 출토 유물을 재조사하면서 이 무덤이 부부합장묘가
아니라 두 여성의 묘가 하나의 봉분으로 이루어진 합장묘라고 정
정했다.

이 합장묘는 먼저 만든 북분은 돌무지덧널무덤이고 나중에 만
든 남분은 돌방무덤이어서 신라의 묘제가 바뀌어가는 과정을 보
여주는 중요한 의미를 지닌다. 그중 아름다운 굵은고리금귀걸이

| **양산 부부총** | 양산 부부총에서는 금동관, 굵은고리금귀걸이 등 많은 유물이 발굴되었으나 모두 일본으로 반출되었다.

가 발견된 곳은 돌방무덤이었다. 아무튼 이때까지만 해도 금관은 출토되지 않아 금관의 존재 자체를 몰랐고 다만 굵은고리금귀걸이를 통해 신라의 황금 문화가 대단히 발달했다는 사실만은 명확히 확인한 상태였다.

이처럼 경주 교외에서 멋진 금귀걸이가 발굴되자 1920년 오가와 게이키치(小川敬吉)는 경주 바깥에 주목해 조사했고 양산 북정동의 대형 고분군(18기)을 발굴했다. 그중 가장 큰 무덤에서는 5세기 말 양산 지역 최고 지배자의 합장 무덤으로 금동관, 팔찌 등 약 500점의 유물이 발견됐다. 이것이 유명한 양산 부부총인데, 이 유물은 모두 일본 도쿄국립박물관에 소장되어 있고 봉분만 사적(제93호)으로 지정되어 있다.

이처럼 신라 고분에 대한 관심이 경주 밖으로 퍼져가던 중 1921년 9월, 우연히 시내 노서동의 금관총에서 금관이 출토됐다.

금관총의 발견과 발굴

금관총 발견 사연은 1925년 9월 25일 미야케 요산(三宅與三)이라는 일본인 순사(巡査, 경찰)가 경주경찰서장에게 보낸 3매짜리 서면 보고서에 명확히 나타나 있다.

오전 9시 무렵 조선인 아이 서너 명이 모여서 어떤 물건을 찾고 있는 모습을 이상하게 생각하여 조사했더니 아이들은 모두 파란색 유리옥 서너 개씩을 손에 들고 있었다. 이것이 고분에서 나온 옥이 아닐까 생각되어 매립된 흙이 나온 곳을 물으니 봉황대 아래에 있는 박문환(朴文煥) 씨의 택지 안에서 가져왔다고 하였다. 그래서 곧바로 현장에 도착해서 보니 조선인 인부 몇 사람이 토사를 채취하기 위해 고분처럼 보이는 장소를 계속해서 파는 것을 보고 당장 중지시켰다.

그리고 이어서 현장의 모습과 조치사항을 보고하기를, 박씨가 주막을 증축하기 위해 집 뒤편을 파던 중 곳곳에서 고동기(古銅器), 금제품(金製品), 옥(玉) 등 유물로 보이는 것이 출토되어 공사

| **금관총 발굴의 시작** | 경주 노서리에서 주막을 하던 주민이 주막 증축 공사를 하던 현장에서 금관을 비롯한 신라 유물이 대량으로 쏟아지기 시작했다.

를 중지시키고 유물을 보관하게 한 뒤 급히 보고하니 지시를 내려달라고 했다. 한 순사의 성실한 보고가 결국 세기의 대발견인 금관총과 신라 금관의 발굴로 이어지게 된 것이다.

순사의 보고를 받은 경주경찰서장은 이틀 뒤인 27일부터 경주에 살고 있는 고미술 관계자들에게 발굴을 맡겼다. 그 주요 인물은 총독부 박물관 촉탁인 모로가 히데오(諸鹿央雄), 경주 보통학교 교장 오사카 긴타로(大坂金太郎), 경주고적보존회 촉탁인 와타리 후미야(渡理文哉) 등이었다.

문제는 이들이 고고학을 전공한 전문가가 아니라 아마추어 고미술 애호가였다는 점이다. 따라서 발굴이 졸속으로 이루어져 많은 아쉬움을 낳았다. 발굴이라면 유물의 출토 상태를 사진으로 찍고 도면을 그리고 실측하는 것이 기본인데 이들은 이런 작업도 없이 유물을 부대에 주워 담는 데 급급했던 것이다.

이처럼 봉황대 옆 노서리 고분에서 유물이 발견되었다는 사실은 한편 경주군청을 통해 경북도청에 보고되었다. 경북도청은 곧바로 총독부에 보고함과 동시에 경상북도 촉탁인 하리가이 리헤이(針替理平)를 28일 파견했다. 그런데 28일 하리가이가 현장에 도착해보니 이미 하루 전날(27일)부터 작업이 시작되고 있었다. 뒤늦게 보고받은 총독부에서는 양산 부부총을 발굴했던 박물관 촉탁인 오가와 게이키치를 급파했으나 10월 2일 그가 경주에 도착했을 때는 이미 9월 30일에 유물 수습이 끝난 상태였다. 그는 유물들이 경주경찰서에 보관되어 있는 것만 확인하고 곧바로 상경하여 현장 실태를 보고했다.

이에 총독부는 학계의 권위자인 세키노 다다시와 또 다른 고고학의 권위인 교토대학의 하마다 고사쿠(濱田耕作)에게 조사를 의뢰했다. 이들은 각기 연구원들을 대동하고 10월 12일 경주에 도착하여 유물들을 경주고적보존회로 옮겨 놓고 21일까지 열흘간 조사했다. 금관총에서는 금관, 금제 관식, 금제 허리띠, 금제팔찌, 금제반지, 금제귀걸이, 금동신발, 유리잔, 청동제초두 등 1만여 점의 유물을 확인했다. 곡옥 등 구슬류가 3만 점이 넘었으며 여기서 출토된 금의 총량은 7.5kg에 달했다. 경천동지할 엄청난 발견이었다. 이 금관총 출토 유물은 10월 29일 총독부박물관에

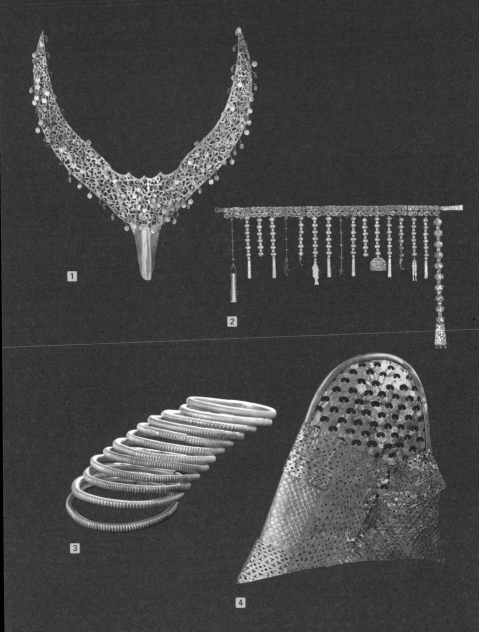

| 금관총 출토 유물 | **1** 금제 관식 **2** 금사슬허리띠드리개 **3** 금팔찌 **4** 금제 관모

입고되었다.

조선총독부박물관 경주분관

금관총의 발견은 조선과 일본은 물론 세계 고고학계를 놀라게 한 사건이었다. 금관총 금관은 당시 세계 고고학 잡지의 표지를 장식하며 이듬해(1922) 이집트에서 투탕카멘이 발견된 이후 '아시아의 투탕카멘'이라는 찬사까지 받았다. 일제는 서양 중심의 고고학 판도에서 자신들이 한 자리 차지할 수 있다고 생각했다. 이에 문화재 정책에 큰 변화를 일으켜 1921년 바로 그 해에 조선총독부에 고적조사과를 신설했다.

한편 경주에서는 모로가 히데오 주도하에 금관총 유물이 경주로 돌아와야 한다는 여론이 일어났다. 모로가 히데오는 1908년 무렵 경주에 대서소(법무소)를 차리고 정착해 생활하면서 고미술품 애호가로서 신라 역사와 유적·유물을 연구했으며, 1913년에 설립된 경주고적보존회의 중심인물이 되었다. 그는 고위층 인사가 경주를 방문할 때면 탁월한 화술을 발휘해 안내 역할을 맡았다. 특히 사이토 조선 총독과 깊은 친교를 맺고 막강한 힘을 구사한 문화권력이었다. 결국 1924년 옛 경주부 관아 부지에 '금관고(金冠庫)'라는 전시관을 짓고 금관총 출토 유물을 진열했다. 이 전시관은 1926년 7월에 조선총독부박물관 경주분관으로 승격됐고 이때 모로가 히데오는 사실상 관장 격인 주임을 맡았다. 이것이

| **조선총독부박물관 경주분관** | 금관총 출토 유물의 전시관인 '금관고'였던 이곳은 1926년 조선총독부박물관 경주분관으로 승격됐다. 오늘날 국립경주박물관의 전신이다.

국립경주박물관의 전신이다. 국립경주박물관이 1974년에 현위치로 이전할 때까지 자리하던 이 경주분관 건물을 지금은 경주문화원이 사용하고 있다. 그러나 모로가 히데오는 1933년 4월 도굴사건에 연루되어 경주를 떠나게 되었다.

금관총 보고서와 유물 반출

금관총 유물의 조사와 보고서 발간은 교토대학의 하마다 고사쿠가 맡았고 주로 교토대학 고고학연구소의 우메하라 스에지(梅原末治)가 실무를 담당했다. 보고서는 상하(上下) 2책으로 각기 본

| **금관총 주변 모습을 그린 컬러 도판** | 일본 학자 하마다 고사쿠와 우메하라 스에지는 당시로서는 최고급 호화판이었던 컬러 도록을 곁들인 금관총 보고서를 발간해 세계에 조선이 아닌 일본의 고고학 유적으로 대대적인 선전을 했다.

문과 도판으로 구성되었는데 상책은 1924년 5월에 본문, 9월에 도판이 출간되었다. 이 책은 당시로서는 최고급 호화판 도록이었다. 일제는 세계 각국의 도서관에 책을 보급하며 조선이 아니라 일본의 고고학으로 대대적으로 선전했다.

그러나 하책은 1928년 3월에 도판이 발행된 후 본문은 끝내 발간되지 않았다. 하책 본문에 해당하는 내용은 1932년에 하마다 고사쿠가 경주고적보존회(회장 모로가 히데오)의 지원을 받아 펴낸 소책자『경주의 금관총』에 실렸다.

금관총 출토 유물은 주로 총독부 박물관에 소장되어 있었는데

| 오구라 컬렉션의 금관총 출토 유물 | 금관총에서 출토된 금제 수식들이다. 현재 도쿄국립박물관이 소장하고 있다.

그 일부가 지금 교토대학총합박물관과 도쿄국립박물관에도 소장되어 있다. 교토대학 소장 유물은 ①금동제 금구 잔결일괄(등록번호 2993) ②소옥류 일괄(등록번호 4526) ③금관총 발굴 유리옥(등록번호 4526) 등이다. 이는 아마도 하마다 고사쿠가 유물 표본 조사를 위해 교토대학 고고학 연구실로 가져온 것이 아닌가 추정된다.

한편 도쿄국립박물관 오구라(小倉) 컬렉션의 금관총 출토 유물은 금제 드리개(수식)를 비롯하여 비단벌레 날개 잔편, 곡옥, 금제 도장구 등 9점으로, 매우 귀중한 유물들이다. 오구라 다케노스케(小倉武之助, 1870~1964)는 대구를 중심으로 활동한 기업가로, 대구전기(훗날 남선전기) 사장이자 당시 대구 재계의 거물이었다. 그는 부동산 등 막강한 재력으로 수많은 문화재를 수집했는데, 권력과 결탁하여 창녕 교동 가야 고분 출토 금동관까지 손에 넣었다. 오구라가 경주 금관총 유물을 입수하는 데는 모르긴 해도 모로가 히데오와 경주경찰서장이 공모했을 것이라는 의심을 받고 있다. 오구라 컬렉션은 1965년 한일협정 때 우리 측이 반환을 요구했으나 사유재산이라는 이유로 거부당했고, 1981년에 도쿄국립박물관에 기증되었다.

금관총 유물의 도난 사건

금관총 유물은 몇 차례 도난을 겪었다. 1927년 11월 10일 밤, 조선총독부박물관 경주분관에 도둑이 침입해 유물 진열실의 자물쇠를 부수고 금관을 제외한 금제 허리띠, 반지, 팔찌 등 수백 점을 몽땅 훔쳐 달아났다.

이 도난 사건에 대한 수사가 답보상태에 머물면서 경찰과 박물관은 "천 년 넘은 금제품은 요즘 금과 달라 녹이면 금방 알아차린다"라며 선전하기도 했다. 경주번영회에서는 현상금 1,000원을 내걸었다. 그리고 사건 발생 6개월이 지난 1928년 5월 20일 새벽 5시, 경주 시내에서 변소를 치우는 일을 하던 노인이 경찰서장 관사 대문 앞에서 이상한 보따리를 발견했는데 금관총 도난 유물들이었다. 도난당한 유물 중 금반지 몇 개와 금제 허리띠 장

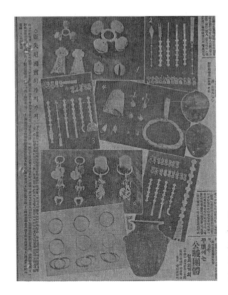

| 도난당한 금관총 유물들 | 1927년 금관총 유물 도난 사건이 발생했고 금반지 몇 개와 금제 허리띠 장식 일부를 제외한 나머지를 회수했다. 1927년 12월 18일자 『매일신보』에 실린 사진이다.

식 일부는 없었다. 이 사건은 범인을 잡지 못하고 영구 미제 사건으로 남았다.

그리고 1956년 3월 7일, 이번에는 금관이 감쪽같이 사라졌다. 그러나 도둑이 들고 간 금관은 박물관에서 만든 모조품이었다. 언론에 '도난 금관은 모조품'이라는 사실이 공개되자 범인은 문제의 도난품을 경주 형산강의 모래사장 어딘가에 파묻어버렸다.

이사지왕의 칼

금관총은 이처럼 우연히 발견되어 1천 5백 년 전 신라 금관의

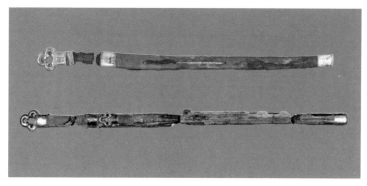

| **금관총 출토 환두대도 2점** | 2013년 국립중앙박물관은 금관총 출토 환두대도에 대한 보존 처리를 하던 중 칼에 새겨진 명문을 발견했고 그 글자는 '이사지왕'으로 확인되었다.

존재를 만천하에 알리고 신라가 황금의 나라였음을 확인하는 계기가 되었다. 그러나 발굴, 유물의 수습, 보관, 보고서 발간 등이 총체적으로 부실하여 많은 중요한 고고학적 사실들을 파악할 수 있는 기회를 잃어버렸다.

당시는 발굴에 필수적인 보존과학 지식이 전무했고 그런 용어조차 없었다. 금속기의 경우 순금은 절대로 변하는 일이 없지만 철은 말할 것도 없고 금동의 경우도 녹슬어 엉겨 붙은 채 발굴되는 경우가 많다. 이런 녹은 오랜 기간을 두고 서서히 약물 처리를 해야 조금이나마 복원할 수 있는데 그런 조치를 취하지 못한 것이다.

금관총이 발굴된 지 92년이 지난 2013년 7월, 국립중앙박물관은 금관총 출토 환두대도(環頭大刀, 둥근고리큰칼)를 보존 처리하는 과정에서 칼집 끝부분 장식에 새겨진 '이사지왕(尒斯智王)'이라는 글자를 발견했다. 고고학계와 역사학계는 흥분하지 않을 수 없었다.

지금까지 신라 고분에서 피장자의 이름이나 신분이 밝혀진 예는 하나도 없다. 백제의 경우 무령왕릉이 있고, 고구려의 벽화무덤에는 '동수(冬壽)' '유주자사 진(鎭)' '모두루(牟頭婁)' 등의 이름이 나왔지만 신라는 처음이었다.

그러나 신라 56명의 왕 중에 이사지왕은 없다. 그리고 이사지왕은 『삼국사기』『삼국유사』를 비롯한 어떤 고문헌에도 나오지 않는다. 이에 이사지왕에 대한 여러 가지 해석이 나왔다. 동시에 금관총의 주인(피장자)이 과연 이사지왕이 맞는가 하는 문제도 제기되었다. 당시 부장품 중에는 피장자의 물건뿐 아니라 그를 아끼던 사람이 자신이 갖고 있는 귀중한 물품을 망자에게 보내는 선물로 넣어주는 경우도 있었기 때문이다. 더욱이 금관총에서는 환두대도가 세 자루나 출토되었다. 이에 국립중앙박물관은 일제강점기에 부실하게 발굴된 금관총을 재발굴하기로 했다.

다시 발굴하는 금관총

2015년 국립중앙박물관과 국립경주박물관은 금관총 재발굴에 들어갔다. 그리고 금관총에 대해 새로운 사실을 많이 밝혀내고 잘못 알려진 부분을 바로잡는 큰 성과를 얻었다. 이 금관총 재발굴 보고서는 국립중앙박물관 인터넷 홈페이지에서 누구든 다운로드할 수 있는데, 그 요점을 추리면 다음과 같다.

| 금관총 재발굴 | 금관총 환두대도에서 명문이 발견된 것을 계기로 국립중앙박물관은 일제강점기에 부실하게 발굴된 금관총을 재발굴했다.

적석목곽분의 구조는 매장주체부, 적석부, 봉토부로 이루어지는데, 먼저 금관총의 매장주체부를 보면 목곽이 내곽과 외곽 이중 구조로 되어 있다. 일제는 바로 이 외곽의 존재를 알지 못하여 그대로 놔두었고 재발굴 당시 여기에서 굵은고리금귀걸이 1점과 가는고리금귀걸이 2점이 새로 발견되었다.

적석부는 그냥 돌무지로 쌓은 것이 아니라 목재로 비계를 설치하고 그 안에 돌을 차곡차곡 쌓았다는 사실을 목재 설치 구멍들을 통해 확인할 수 있었다. 비계목을 수직, 수평으로 엮었을 뿐만 아니라 버팀목까지 설치했다. 사실 이런 방법이 아니고는 그 많은 돌을 쌓을 수 없었던 것이다. 이런 목조 비계 시설은 황남대

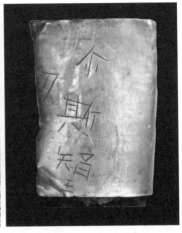

| **환두대도에 새겨진 '이사지왕도'** | 이전까지 발견된 금관총 환두대도의 명문은 '이사지왕'이었으나 금관총 재발굴 결과 '이사지왕도(刀)'라고 새겨진 칼집 마구리가 발견되었다. 이에 칼의 주인이 이사지왕임이 확실해졌고, 무덤의 주인이 이사지왕일 가능성 또한 더 높아졌다.

총에서 이미 확인된 바 있었다.

봉토부는 비스듬히 둥근 호로 쌓은 것이 아니라 약 50도의 경사면을 갖는 사다리꼴로 축조해 일단 편평하게 고른 다음 거기에서 관과 부장품을 넣는 행사를 치르고 다시 봉분을 축조한 것으로 확인했다. 봉분의 형태는 정확한 원이 아니라 동서 44미터, 남북 40.8미터의 타원형으로 그 끝은 봉황대 가까이 노동동과 노서동을 가르는 큰길까지 나와 있었다.

그리고 귀걸이를 비롯하여 의미있는 유물을 많이 찾아냈다. 그 중에는 부서진 칼집 끝부분 조각편이 있는데, 놀랍게도 '이사지왕도(尒斯智王刀)'라는 글씨가 새겨져 있는 것이었다. 이에 발굴 실무자인 경주박물관 김대환 학예사가 국립중앙박물관 수장고에 보관되어 있던 끝이 부러진 어느 환두대도를 꺼내 맞춰봤는데 신기할 정도로 정확하게 들어맞았다고 한다. 이때 김대환 학예사가 얼마나 놀랍고 반가웠을까 능히 상상이 간다. 그런 학문적 보람과 희열은 평생에 한 번 갖기 힘든 것이다. 나는 이 보고를 처음 접했을 때 영남대 박물관에서 함께 근무했던 동료이기도 한 그에게 힘찬 축하의 박수를 보냈다.

결국 금관총 출토 환두대도는 모두 세 자루로 판명됐고 두 자루에서 '이사지왕'이라는 명문이 확인되었다. 금관총 출토 금속편 중 칼집과 은제 허리띠에 이(尒), 십(十), 팔(八) 등의 명문이 새겨져 있는 것으로 보아 이 무덤의 주인이 이사지왕인 것만은 분명히 알게 되었다.

이사지왕은 누구인가

그러면 이사지왕은 누구인가? 2021년 국립경주박물관에서 금관총 발굴 100년을 기념해 강연회를 비롯한 많은 행사를 열었을 때 가장 주목받은 주제는 바로 이 질문이었다.

쉽게 생각하자면 '이사'는 이름이고, '지'는 존칭이고, '왕'은 지위를 나타낸다고 생각할 수 있다. 이 무덤이 5세기 후반에 조성되었음을 감안해 소지왕, 또는 눌지왕을 가리킨다는 해석도 있다.

그러나 신라시대 어법은 지금과 많이 다르다. 우선 '이·사·지·왕' 네 글자가 신라시대에 어떻게 해석됐는지 낱자로 살펴보면 다음과 같다. 이(厼)는 이(爾)의 속자(俗字)로 신라 금석문에 자주 나오는 글자다. 포항 냉수리 신라비(503)에는 '이부지(厼夫智)', 울진 봉평리 신라비(524)에는 '실이지(悉厼智)'가 보인다.

사(斯)의 경우 자주 쓰인 글자로 냉수리비에도 '사부지왕(斯夫智王)'이 보인다. 부(夫)는 남자 이름에 많이 나오며, 지(智)는 인명 끝에 붙는 존칭이다. 거칠부, 이사부 같은 고관의 이름이 금석문에 거칠부지(居柒夫智), 이사부지(異斯夫智)로 나오는 것을 볼 수 있다.

왕(王)은 문자 그대로 왕이지만 당시엔 임금을 가리키는 것이 아니라 국왕보다 지위가 낮은 귀족을 이르는 호칭인 경우가 많았다. 냉수리비에는 '차칠왕등(此七王等)', 울산 천전리각석에는 '갈문왕(葛文王)'이 나온다. 따라서 이사지왕은 국왕이 아니라 높은 신분의 왕족일 가능성이 크다.

왕릉인가 아닌가, 남자인가 여자인가

금관총이 처음부터 세심히 발굴되었다면 인골을 수습할 수 있었을지도 모른다. 그러나 현재로서는 발굴된 유물만으로 판단할 수밖에 없다. 우선 무덤의 주인공이 국왕인가 아닌가이다. 일반적으로 금관은 왕관이라는 선입견에서 금관이 출토되면 곧 왕릉일 것이라고 생각하기 쉽다. 그러나 현재까지 출토된 5개 금관의 사례를 살펴보면 금관이 곧 왕관을 의미하지 않는다.

황남대총의 경우 남자 무덤인 남분에서는 금동관이 출토된 반면에 여자 무덤인 북분에서는 금관이 나왔다. 또 서봉총은 여자 무덤이 확실한데 마립간 시기에 여왕은 없었다. 금령총의 경우 10세 미만의 사내아이 무덤이니 왕릉이 아닌 것이 분명하다. 따라서 금관이 출토되었다고 해서 그 무덤이 곧 왕릉이라고 단정할 수 없다.

아울러 금관이 실제로 평소에 착용하던 것이냐 또는 매장품이냐 하는 문제도 남아 있다. 금관이 무덤에서 출토될 때 모습을 보면 머리 위에 얹혀 있는 것이 아니라 관테가 턱 아래에 있고 5개의 수식이 모두 머리 위에 모여 얼굴 전체를 감싸고 있다. 쉽게 설명해서 염한 머리를 감싸놓은 모습에 가깝다. 그 점에서 이 금관은 부장용이라고 할 수 있다. 그러나 실제 사용한 금관을 부장품으로도 사용했을 여지는 그대로 남아 있다.

부장품으로 남녀를 구별할 때는 이제까지 발굴된 많은 예에 따라 남성은 가는고리귀걸이와 환두대도 착용, 여성은 굵은고리귀걸이와 팔찌(또는 가락바퀴) 착용이 공식에 가깝다. 이때 중요한 것은 몸에 착용된 상태를 말하는 것으로 머리맡에, 또는 부장곽에 들어 있는 경우는 해당되지 않는다.

교토대학 학자들이 작성한 금관총 공식 보고서에는 환두대도 세 자루가 양 어깨 위에 두 자루, 머리 위에 한 자루 그려져 있다. 허리춤에서 발견되지 않은 것이다. 그러나 총독부에서 금관총으로 급파한 박물관 촉탁이자 그림을 잘 그리기로 유명했던 오가와 게이키치가 그린 도면에는 허리춤에 환두대도를 착용된 것으로

| 금관총 보존전시공간 '신라 이사지왕의 기억' | 고분 형태로 복원된 천마총과 달리 금관총 보존 전시공간은 고분의 형태를 현대적으로 재해석해 복원해놓았다.

그려져 있다. 그렇다면 남성임을 말해주는 셈이다.

그런데 굵은고리귀걸이가 착용된 것을 보면 여성이라고 생각 게 한다. 그러나 금관에 늘어트린 수식이 가는고리귀걸이이기 때문에 귀에는 굵은고리귀걸이를 착용한 것일 수도 있다는 해석을 내린 학자도 있다.

종합적으로 말해서 금관총 주인이 남자인가 여자인가는 아직 단정내리기 힘든 가운데 남자일 가능성이 높다. 그리고 바로 곁에 있는 아직 발굴되지 않은 봉황대가 마립간의 무덤이라면 금관총은 이에 딸린 배총일 것이라는 생각을 해보게 한다.

| '신라 이사지왕의 기억' 내부 | 공간 내부에는 신라 고분의 대표 형태인 돌무지무덤을 그대로 재현해놓아 신라 고분의 구조를 명확히 이해할 수 있게 했다.

금관총: 신라 이사지왕의 기억

금관총 재발굴 후 금관총 자리는 흙으로 덮이지 않고 2022년 8월 금관총 보존전시 공간으로 개방되었다. 무덤 매장주체부를 그대로 재현해놓고 이름하여 '금관총: 신라 이사지왕의 기억'이라 했다. 달팽이 모양의 지붕에 약 200평(617.32m²)에 달하는 실내체육관 같은 형태의 전시공간인데, 관이 안치된 매장주체부에는 여기서 출토된 금관, 금허리띠, 환두대도 등을 그대로 착용한 모형 인물이 전시되어 있다. 그리고 돌무지를 쌓기 위해 나무기둥을 아래위, 그리고 비스듬하게 설치한 모습을 재현해 내가 지

금까지 어렵고 어렵게 설명한 금관총의 내부구조를 한눈에 알아볼 수 있게 만들어두었다.

그리고 각 위치마다 안내판에 자세한 설명이 있고 또 금관총이 축조되는 전 과정을 7분짜리 동영상으로 실감나게 만들어 상영함으로써 누구든 쉽게 이해할 수 있게 돕고 있다. 처음 터파기부터 매장주체부 안장, 나무 비계의 설치, 강돌로 돌무지 쌓기, 그리고 흙으로 봉토하는 과정을 보고 있자면 어떻게 시간이 갔는지 모를 정도로 감동을 받게 된다.

그리고 이 전시관 옆으로 대나무가 도열한 복도를 따라 2023년 6월 30일 개관한 신라고분정보센터로 발길을 옮겼다. 여기는 내가 그렇게 지루하고 힘들게 설명한 신라 고분의 양상과 발굴과정, 역사적·고고학적·미술사적 의의를 AR 기법까지 동원하여 환상적으로 보여주고 있다. 문무대왕의 해중릉을 보여 줄 때는 감포 앞 바다의 거센 물살이 전시실 바닥에 포말을 일으키며 들어오고 나오고를 되풀이한다. 발밑까지 덮어버린 물살의 기세에 '어린애처럼' 움찔 놀라고 말았다.

비디오아트, 라이트아트, 키네틱아트, 디지털아트 등 첨단 장비와 기술을 이용한 제주의 '빛의 벙커'나 '아르떼 뮤지엄' 못지 않은 신비감과 흥미가 일어났다. 신라 고분의 의미와 함께 우리의 전시 디스플레이 수준이 이렇게 높아져 있음에 높은 문화적 자부심이 생기기도 했다. 내가 문화재청장을 지내던 15년 전에는 꿈도 못 꾸던 전시를 보면서 울컥하는 감격이 일어나 '어른답지 않게' 절로 눈물이 나왔다. 나는 부끄럼 빛내며 남이 볼까 얼른 뒤돌아섰다.

지난여름 환경재단의 ECO아카데미 학생들을 인솔하여 2박 3일로 경주를 답사할 때 첫날은 경주 남산을 다녀오고 둘째 날 신라 고분 답사를 떠났는데, 내가 평소 즐겨 다니는 코스대로 봉황대에 가서 노동동·노서동의 고분공원을 거닐고 새로 개관한 '금관총: 신라 이사지왕의 기억'을 관람한 뒤 황리단길을 지나 천마총과 황남대총이 있는 대릉원을 답사했다. 그때 답사를 함께한 내 평생의 벗, 생일로 따지면 나보다 하루 어린 최열 이사장이 이렇게 감회를 말했다.

"나는 신라 고분 답사라고 해서 옛날에 대릉원에 가서 천마총 속을 구경한 것만 생각하고 무엇 때문에 한나절을 여기서 다 보내나 이상하게 생각했는데 그게 아니었네. 고분이 이렇게 많고 이렇게 거대하고 이렇게 시내 깊숙이 있는 줄 처음 알았네. 이게 마립간 시기 무덤들이라고? 왜 그런 사실을 이제 알고 무턱대고 신라왕릉이라고 기억하고 있었지?

그리고 금관총 전시관에서 적석목곽분을 조성할 때 비계를 쌓은 걸 보면서 저렇게 했기 때문에 1천 5백 년을 버텨온 것이라는 감동을 받았네. 자네가 신라 고분 답사는 봉황대로 가서 금관총부터 보아야 한다고 한 이유를 이제 충분히 알았네. 고마우이."

그러나 이는 신라 고분 답사라는 심포니의 제1악장 안단테에 불과하다. 나의 신라 고분 이야기는 제2악장 아다지오(금령총과 서봉총), 제3악장 프레스토(천마총과 황남대총), 그리고 제4악장 라르고(계림과 월정교)로 이어질 것이다.

신라 2

노동동 · 노서동 고분군 (금령총 · 서봉총)

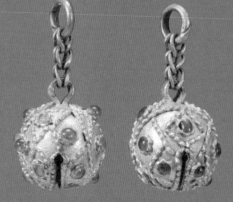

황금의 나라,
신라 금관 발굴기

일제의 식민지 미술사관

1921년, 금관총에서 금관이 발굴된 것은 '황금의 나라, 신라'로 나아가는 우렁찬 팡파르였다. 1,500년 전 신라에 이런 순금 관(冠)이 있으리라고는 누구도 상상하지 못했고, 1만 여점의 유물이 3만 점의 구슬과 함께 쏟아져 나온 것에 놀라지 않을 수 없었다. 그러나 그것은 첫걸음에 불과했다. 이어 3년 뒤 1924년에 금령총에서 아름다운 금방울과 함께 금관이 발견되었고, 1926년엔 서봉총에서 또 금관이 나왔다. 5년 사이에 신라 금관 셋이 출토된 것이었다.

당시는 이 금관들을 의심의 여지없이 신라 왕관으로 생각했다. 달리 생각할 여지가 없었다. 일제가 신라 고분에 관심을 갖고 적

| **일제의 고분 발굴** | 1909년 대동강 고분군의 발굴조사 현장이다. 일본 순사의 감시 아래 인부들과 여성들이 물동이를 나르고 있다. 세키노 다다시가 편집한 『조선고적도보』 1권에 실린 사진으로 조선총독부에 식민사관 자료를 제공하려는 목적이 있었다.

극 발굴에 나선 것은 일본이 옛날부터 한반도를 지배해온 역사가 있다는 식민사관의 근거를 찾는 데 혈안이 되어 있었기 때문이었다. 그런데 발굴하면 할수록 신라는 일본 역사에서는 볼 수 없는 독특한 문화를 갖고 있었고, 그것이 상상 이상으로 찬란하고 위대했음을 이 유물들이 웅변했다. 아무리 역사를 조작해 왜곡하려 해도 유물이 말해주는 것을 속일 수 없다. 그들로서는 큰 딜레마가 아닐 수 없었다.

문화재 분야에서 일본 제국주의 식민사관의 맨 앞장에 선 사람은 세키노 다다시였다. 그는 평양에서 낙랑 고분 발굴을 주도했고, 저 방대한『조선고적도보(朝鮮古蹟圖譜)』전15권의 책임편집자였다. 금관총 발굴 유물도 결국 총독부에서 그를 파견하여 뒷수습시킨 것이었다. 그는 1929년에『조선의 건축과 미술』, 1932년엔『조선미술사』를 펴낸 학자였다. 이『조선미술사』는 독일인 신부 안드레아스 에카르트(Andreas Eckardt)가 1929년에 독일어와 영어로 동시에 펴낸『조선미술사』에 이은 두 번째 한국미술사 통사다.

우리의 입장과는 관계없이 일본인들에게 세키노 다다시는 이른바 대정(大正, 다이쇼) 연간의 문예부흥기, 이른바 '다이쇼 데모크라시'의 뛰어난 학자 중 하나로 꼽힌다. 일본인들은 존경하는 분의 이름을 부를 때는 훈독이 아니라 음독하는 문화가 있다. 그래서 당시엔 그를 세키노 '다다시'라고 하지 않고 세키노 '데이'라고 불렀다(이런 '유식자 읽기(有職読み)'는 잘못된 것이라는 견해도 있다).

확실히 세키노 다다시에게는 아름다움의 특질을 바로 잡아낼 수 있는 미적 안목이 있었다. 그는 경주의 신라 고분을 조사하러 다니던 중 태종무열왕릉의 돌거북이 받침돌과 용머리 지붕돌을 보고는 그 아름다움에 감탄하여 자신이 중국에서 보아온 것을 포함하여 가장 훌륭한 비석받침 조각이라고도 했다. 그의 정직한 눈으로 보건대 신라문화는 위대했던 것이다. 그러나 이런 사실은 일제가 만들어가던 식민사관과 크게 배치되는 것이었다.

그는 어떤 식으로든 이러한 내적 모순을 해결해야 했다. 그래

| 세키노 다다시가 펴낸 책들 | 『조선고적도보』(왼쪽)와 『조선미술사』(오른쪽).

서 주장한 것이 대륙(중국)의 영향을 계속 받은 반도적성격론과
조선 역사에서 문화가 점점 쇠퇴해간다는 '정체성(停滯性)' 이론
이다. 그 요지는 『조선미술사』 총론에 명확히 밝혀져 있다.

통일신라시대는 조선 미술의 융성기다. 고려 시대는 그 전성기라
할 수 있으며, 한편으로는 신라 예술의 연장이고, 다른 한편으로
는 송나라와 원나라의 영향을 받았다. 신라의 것에 비하면 섬세하
고 치밀한 면을 잃어버렸지만 우수한 것을 만들어냈다. 조선 시대
는 미술의 쇠퇴기로 고려 시대의 양식을 계승하였으며, 다소 명나
라의 영향도 받았다. 초기에는 상당히 볼만한 것이 만들어졌지만,

후기에 들어 국가의 기운이 쇠퇴함에 따라 서서히 쇠락하게 되었다.

　그러면서도 세키노 다사시는 학자적 소신과 양심으로 조선시대 미술 중에는 '고유의 특질을 발휘한 것도 많다'고 했다. 그러나 식민사관을 앞장서서 전개한 학자들은 조선시대에 들어 한반도 문화가 사대주의에 빠져 독자성을 잃고 당파싸움을 일삼으면서 문화는 피폐해지고 마침내 백성은 도탄에 빠졌는데 '다행히도' 이제 일본 황국의 도움을 받아 폐습을 청산하고 새로 문명을 일으키게 되었다는 논지로 식민 지배를 정당화했다. 이는 당시 조선총독부가 주관한 문화 행사와 발간물, 이를테면 조선미술전람회, 문화재 도록, 고미술 전시회 등에 등장하는 조선총독, 경무총감, 학무총감 등 고관들의 축사에 녹음기처럼 천편일률적으로 나오는 내용이다. 이런 논리라면 식민사관에 젖어 있다 하더라도 신라 금관의 아름다움을 마음껏 예찬해도 되는 것이었다.

금령총과 식리총의 발굴

　금관총 발굴 이후 일본 고고학자들의 관심은 다시 신라 고분으로 쏠리게 되었다. 경주의 고미술 애호가들 역시 나름의 호사가적 취미에서 신라 고분이 더 발굴되기를 바라는 마음을 갖고 있었다. 그런데 1923년 일본에서 관동대지진이 일어나 이를 복

| 금령총과 식리총 | 재발굴 뒤 새로 정비해놓은 노동동 고분군 내 금령총(앞, 127호분)과 식리총(뒤, 126호분)의 모습이다.

구하는 데 매진하느라 조선총독부는 예산의 여유가 없었다. 그런 가운데 1924년 금령총(金鈴塚)과 식리총(飾履塚) 발굴이 시작되었다. 그 배경에 대하여 당시 발굴 책임자였던 우메하라 스에지는 공식 보고서에 다음과 같이 밝혔다.

금관총 발견이 황남리 일대 고분군에 대한 학술적 흥미를 높여 조사에 대한 새로운 기운이 생겼다. (…) 금관총이 학술적으로 충분한 조사를 수행할 수 없었던 것을 감안해, 유물이 노출되기 전에 고분을 조사하길 희망하는 뜻을 총독부 당국에 건의하였다. 특히 눈에 띄는 것으로 봉황대 밑 남동쪽 민가 사이에 거의 반이 파괴된 2개의 반파분(半破墳)이 거론되었다.

다만 당시 재정 긴축 상태라 총독부 고적조사과에서는 바로 조사를 착수할 수 없었다. 이에 금관총 발굴에 관여한 모로가 히데오 씨가 1924년 4월 경주에 시찰 나온 사이토 총독에게 고분 발굴의 긴급한 필요성을 호소하여 (…) 총독의 특별한 배려로 우선 2개 고분의 발굴조사가 결정되었다.

이에 후일 금령총, 식리총이라 불리게 된 두 고분의 발굴에는 사이토 총독으로부터 발굴 시작 전 2천 엔, 발굴기간이 연장되자 추가로 2천 엔을 지원받았다고 한다.

금령총과 식리총 발굴일지

금령총과 식리총 발굴은 1924년 5월, 장마가 오기 전 22일간 진행되었다. 이들은 매일 작업일지를 기록했고 훗날 비록 늦게 나왔지만 충실한 발굴보고서도 간행되었다. 아마추어 고미술 애호가들이 금관총을 엉터리로 발굴한 것과는 달리, 5월 8일 발굴팀이 야간열차로 서울을 출발하여 9일 경주역에 도착하는 것으로 시작하는 작업일지가 정확히 기록되었다.

발굴 책임자 우메하라 스에지는 교토제국대학에 고고학부를 창설한 하마다 고사쿠의 후계자로 하마다가 총장에 취임한 뒤 교수가 되어 고고학 연구실을 이끌었는데, 하도 괴팍한 성품이어서 연구원들이 '압정(壓政)'에 못 견디어 속속 많이들 떠났다고 한다. 함께한 사와 슌이치(澤俊一)는 토목 기술자로 사진 전문가였으며 고이즈미 아키오(小泉顯夫)는 하마다 밑에서 일을 도우면서 나중에 평양부립박물관장을 지낸 인물이다. 이후 작업일지는 다음과 같이 발굴 진행과정을 말해주고 있다.

5월 9일(금): 경주에 도착하여 모로가 히데오 등 현지 인사와 합류. 현장 시찰.

5월 10일(토, 맑음): 고분 2기 측량, 사진 촬영, 지적도 준비, 경주 경찰서에 경비 의뢰.

5월 11일(일, 맑음): 고분 2기 동시 발굴 시작.

5월 12일(월, 맑음): 금령총 적석의 외부 형태 확인.

5월 13일(화, 맑음): 인부 9명과 토목공사 전문 감독 1명 추가 투입.

5월 14일(수, 비): 공사 중지.

5월 15일(목, 맑음): 토사 채굴 어려움으로 인부 2명 추가.

5월 16일(금, 맑음): 적석부의 전체 형태 파악, 윗면부터 제거.

(…)

5월 20일(화, 맑음): 유물 속출을 예상하여 인부를 4명으로 축소, 구경꾼들이 몰려옴.

(…)

5월 22일(목, 맑음): 금제품이 나오기 시작함. 금방울 한 쌍 출토.

5월 23일(금, 흐림): 인부를 12명으로 늘리고, 인접한 최병설 가옥

| 발굴 개시 당시의 금령총 | 1924년 봉황대에서 내려다본 금령총 발굴 개시 상황이다. 고분 주위가
기와집들로 빼곡하게 둘러져 있는 것을 볼 수 있다.

을 이전시켜 내부 조사.

(⋯)

5월 26일(월, 강한 바람): 목곽 중앙부 조사. 금관과 요패 등 중요
유물 확인.

5월 27일(화, 맑음): 식리총 조사 일시 중지. 금령총 조사에 전력을
기울임.

5월 28일(수, 매우 맑음): 금관과 가슴 가리개 하부의 유물 수습.

(⋯)

5월 30일(금, 매우 맑음): 기마인물형토기 및 각종 토기, 마구류 수습.

(⋯)

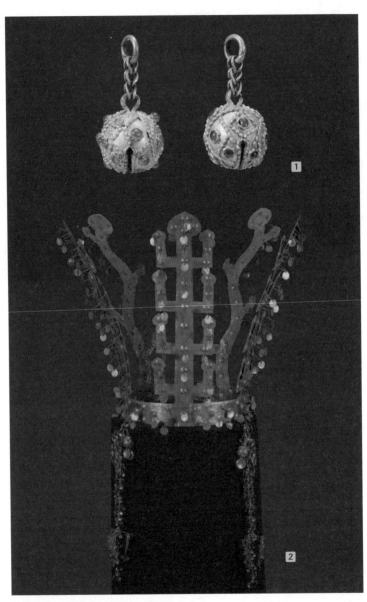

| 금령총 출토 금제 유물 | 1 금방울 2 금관

6월 3일(화): 마구와 칠기 등 수습. 금령총 조사 완료. 동원 인력
약 200명. 실제 조사 기간 22일.

(…)

6월 14일(토): 식리총 조사 후 목관이 있던 상부에 적석단을 쌓고 비
석을 세운 뒤 한 달 내에 완성하고 복구공사를 마치기로 함.

이렇게 발굴조사를 끝낸 우메하라와 모로가는 발굴비를 지원
해준 답례로 금관, 금방울, 금신발을 비롯한 주요 출토품을 갖고
서울 남산 왜성대에 있는 총독 관저로 찾아가 사이토 부부에게
보여주었다고 한다.

금령총 출토 3대 명품

금령총의 봉토는 발굴되기 전에 이미 크게 파괴되어 남북 길
이 약 13미터, 높이 약 3미터의 반달형으로 남아 있었으나 발굴
결과 원래의 봉분 크기는 바닥 지름 약 18미터, 높이 약 4.5미터
정도였을 것으로 추정되었다. 이처럼 금령총은 대릉원 일원 고분
군 안에서 중소형 고분에 불과하지만 출토 유물은 세상을 놀라게
할 만한 것이었다. 금방울, 금관, 기마인물형토기 3점은 가히 금
령총 출토 3대 명품으로 꼽을 만하다.

첫째로, 금령(金鈴)이라 불리는 한 쌍의 금방울은 무덤 주인의
허리춤에서 발견됐다. 당시 조사단은 이 금방울을 보면서 '그 우

| 금령총 출토 토기 | 1 기마인물형토기
2 배 모양 토기 3 등잔 모양 토기

아함에 사랑하고 좋아할 수밖에 없는 기교'라고 칭송하는 기록을 남겼고 이로 인해 금령총이라는 이름을 부여했다. 금령총의 시신은 약 90센티미터로 5세 내지 6세 아이로 생각되고 있다. 요절한 어린 왕자였을 것이다. 그래서 아이가 좋아했던, 또는 좋아할 금방울을 몸에 달아주었으리라. 그리고 발아래로는 여러 점의 흙방울이 놓여 있었다.

둘째로, 금령총에서도 금관이 발견되었다. 금령총 금관에는 금관총 금관과 똑같이 관테에 출(出)자형 수식 3개와 사슴뿔형 수식 2개가 달려 있다. 이로써 이것이 신라 금관의 전형적인 양식임을 알게 되었다. 다만 어린아이의 무덤이었기 때문에 금관의 크기가 아주 작았다. 그리고 곡옥 장식이 없어 화려함이 약하지만 아담한 인상을 준다.

신라 고분의 출토품 중에 금관이 하이라이트로 여겨져 여타의 금속공예품들이 덜 조명받고 있지만 금관이 출토될 때는 금귀걸이, 금반지, 금허리띠, 금수식, 목걸이, 가슴걸이 등이 세트를 이룬다. 금령총에서도 나무랄 데 없는 정교한 기교의 장신구들이 '홀세트'(whole set)로 출토되었다.

셋째는 한 쌍의 기마인물형토기다. 말 탄 사람의 모습과 크기의 차이가 있지만, 말은 네모난 받침판 위에 반듯이 서 있고 입에는 재갈을 물었으며, 몸에는 고삐·안장·발걸이·다래·말띠드리개 등을 갖추고 있으면서 꽁무니 쪽에 깔때기 모양의 귀때가 달렸고, 목 아래 가슴 쪽에 대롱이 달려 있어 귀때에 물을 부으면 대롱 쪽으로 나오도록 되어 있다.

말 위에 앉아 있는 사람은 발걸이에 발을 걸고 안장에 앉아 고삐를 쥐고 있는데 한 사람은 무사의 복장을 갖추고 있고 한 사람은 평복을 하고 있어 주종 관계라고 생각게 한다. 나의 영남대 제자들은 경상도 말로 이 쌍을 '돈키호테와 산초'라고 말하곤 했다. 이 무사의 얼굴은 우리에게 신라인의 모습을 떠올리게 하는 것이어서 그때나 지금이나 큰 호기심을 불러일으키는 명작이다.

이 기마인물형토기는 이처럼 복잡한 구성을 토기로 구워냈다는 사실에서 당시 토기 제작 기술이 얼마나 뛰어난지를 여실히 말해주는데, 금령총에서 나온 배 모양 토기, 토기 등잔, 토기 자루솥, 영락 장식이 있는 토기 잔 등 역시 고신라 토기의 절정을 보여주는 명품들이다.

식리총의 신발과 구슬

금령총과 이웃하고 있어 함께 발굴한 식리총은 직경 30미터, 높이 6미터 정도 중형 크기의 고분으로 역시 적석목곽분이었다. 여기서도 피장자는 동쪽으로 머리를 두고 있었고 시신에는 금제 관드리개·가는고리금귀걸이·유리구슬 목걸이·은제 허리띠〔銀製 銙帶〕·띠드리개〔腰佩〕·은팔찌 등의 장신구와 철제 환두대도 1점을 착장하고 있었다.

금령총의 금관과 금방울 같은 명품은 발견되지 않았지만 서쪽

| 금동신발 | 이 금동신발의 출토로 무덤에 식리(飾履, 장식신발)라는 이름이 붙게 되었다. 이국적인 괴수 타출무늬는 신라와 중앙아시아·서역의 교류를 보여준다.

끝부분에서 아름다운 금동신이 출토되었다. 이 금동신은 거북등 모양[龜甲形]의 윤곽 안에 각종 괴수(怪獸)의 타출무늬가 새겨져 있는데 중앙아시아·서역의 미술과 관련이 깊어 보인다. 이로 인해 무덤에 식리(飾履, 장식 신발)라는 이름이 부여되었다.

식리총에서는 또 유리구슬이 수백 점이 출토되었는데, 대부분 고도의 상감기법으로 알록달록하게 꾸민 후 얇은 문양이 새겨진 유리로 코팅되어 있다. 영국 런던대학 고고학연구소의 제임스 랭턴(James Lankton) 박사는 고대 인도네시아 자바섬에서 만들어진 자바-티모르(Java-Timor) 구슬과 동일한 제작기법이어서 이와 연관이 있지 않을까 생각한다고 했다.

신라 고분에서 이처럼 이국적인 유물이 많이 출토된다는 사실은 황남대총의 봉수형 유리 주전자, 월성로 고분 출토 금제칼 등을 봐도 잘 알 수 있는데, 식리총에서도 이런 상감구슬이 다량으로 출토된 것이다.

금령총 재발굴 유물

금령총과 식리총도 금관총과 마찬가지로 재발굴이 시작되어 2018년부터 2020년까지 작업 일수로 300일 동안 진행되었고, 여기에서 많은 유물들이 수습되어 여러 가지 새로운 정보를 확인할 수 있었다.

우선 금령총 주위에는 북쪽의 봉황대를 제외한 동·서·남쪽에

| 금령총 재발굴 유물 | 혀를 내민 말 모양 도용(왼쪽)과 대형 토기(오른쪽).

4기의 무덤이 있다는 사실이 새로 확인되었다. 그래서 금령총은 이 무덤들을 피해 마치 봉황대 곁으로 끼워넣듯이 조성된 모습이 었다. 금령총이 5세 내지 6세 어린아이의 무덤임을 생각할 때 만약에 봉황대가 마립간의 무덤이라면 그의 어린 왕자가 요절하여 바로 곁에 묻은 것이 아닐까 생각해보게 한다.

　그리고 무덤 주위에 호석(護石)이 둘러 있는 것을 확인했는데, 호석 주위에서 신기하게도 거대한 말 모양 도용(馬俑)의 머리와 앞다리 부분이 온전하게 출토되었다. 혓바닥을 내밀고 '매롱' 하는 말의 표정이 매우 사실적이다. 그러나 말의 몸통과 뒷부분은 찾지 못했고 발굴단은 잔편들이 인접한 작은 고분 쪽에 흩어져 있을 것으로 추정하고 있다. 그래서 추측하기를 액막이를 위하여 제사 지낸 후 파기했던 것이 아닐까 생각하기도 하고, 그렇다면 혹시 이 어린 왕자가 말에서 떨어져 낙상사한 것이 아닌지 상상해보기도 한다.

또 호석 외곽 둘레에서는 높이 1미터에서 1.5미터에 이르는 대형 토기(대호大壺)들이 많이 출토되었다. 이는 제사 용기로 독 안에는 동물 유체들이 들어 있었다. 금령총 재발굴 후 국립경주박물관에서는 '금령(金鈴), 어린 영혼의 길동무'라는 제목으로 금령총 재발굴 유물들을 전시했는데, 나는 개인적으로 이 깨진 신라 대호들이 가장 인상적이었다.

내가 깨진 조각을 이어붙인 이 대호를 보면서 그 크기에 놀라 좀처럼 자리를 떠나지 않으니 안내원이 말하기를 국립경주박물관 홈페이지에는 이 1.5미터 대호의 파편을 이어붙이고 이를 뒤집어 제대로 놓는 작업을 동영상으로 보여주고 있다고 했다. 들어가서 보니 학예사들의 수고로움에 다시 한번 감사와 경의를 보내게 됐다. 나도 박물관장을 지내서 잘 알고 있는데 박물관 학예사는 밖에서 보면 연구자이고 안에서 보면 아주 조심스러운 육체노동자인 것을 바깥에 있는 사람들은 잘 모를 것이다.

서봉총 발굴

금령총에서 금관이 나오고 2년 뒤인 1926년에는 금관총 바로

| **적석이 노출된 서봉총 발굴 현장** | 금령총 발굴 후 2년 뒤인 1926년에는 금관총 바로 옆의 서봉총 발굴에 돌입했다. 오른편에 발굴의 계기가 된 시천교 교당(기와를 얹은 이층집)이 보인다.

옆에 있는 서봉총을 발굴했다. 128호분인 서봉총은 발굴 전에는 쌍분인 것도 알 수 없었을 만큼 봉분이 무너져내려 주위에 집들이 빼곡히 들어서 있었다. 고분이라는 인식도 상당히 낮았다. 서봉총 바로 곁에는 시천교(侍天敎, 동학의 분파)의 교당으로 쓰이는 제법 큰 이층집이 있었는데, 당시 시천교 교당이 건물을 정비하고 새 건물을 짓기 위해 주변의 흙과 돌무더기를 제거하는 공사를 허가받았다. 마침 그때 경주역을 울산까지 연결하는 동해남부선 철도가 계획되어 기관차고를 짓기 위해 매립할 흙과 자갈이 많이 필요하여 이를 여기서 가져다 쓰기로 하고 허가를 내준 것이었다. 이렇게 시천교당의 정지 작업이 한창 진행되던 1926년

9월, 인부들에 의해 유물이 발견되어 공사는 바로 중단되고 조선 총독부박물관의 고이즈미 아키오(小泉顯夫)가 급파되었다.

발굴에 들어가니 쌍분인데 남분은 이미 건축 공사로 파괴되어 북분만 발굴했다. 금관이 출토된 금관총과 금령총 가까이 있어 큰 기대를 받으며 발굴이 진행되어 9월 25일에는 사이토 총독이 현장을 방문할 정도였다. 그렇게 10월 초부터 매장주체부가 드러나면서 금관, 금귀걸이, 금허리띠, 금신발, 이른바 '금관 홀세트'가 모습을 드러냈다.

그때 마침 스웨덴의 왕세자 구스타프 6세 아돌프(Gustaf VI Adolf)가 일본을 국빈 방문하고 있었다. 그는 발굴 경험도 있고 한문도 구사할 줄 아는 고고학자였다. 아돌프 왕세자가 일본을 떠나 다음 행선지인 조선으로 가기 전 10월 8일 시모노세키(下關)에서 송별연이 열렸는데, 이때 일본의 고고학자 하마다 고사쿠가 경주에서 고분을 발굴하고 있는데 금관이 나올 기미가 보인다며 한번 발굴 현장에 가보는 게 어떻겠느냐고 넌지시 제안했다. 이에 왕세자는 기꺼이 경주 노서리 발굴현장에 가기로 했다.

그리하여 10월 9일, 아돌프 왕세자는 부산항에 도착하여 곧바로 경주로 이동해 철도호텔(옛 불국사 관광호텔, 1973년 철거)에서 숙박하고 다음 날인 10일 사이토 총독과 불국사, 석굴암을 관람한 뒤 서봉총에 도착해 발굴 작업을 참관했다. 발굴단은 주변 유물을 걷어내고 목관만 남겨놓은 채 왕세자를 기다렸다고 한다.

왕세자는 금관을 보고 놀라 '박물관에서 가져다놓은 것이 아

| **발굴 중인 아돌프 왕세자** | 스웨덴 왕세자 구스타프 6세 아돌프는 발굴 경험이 있고 한문도 잘 아는 고고학자였다. 그는 자신이 발굴 작업을 참관한 고분에 서봉총이라는 이름을 지어주었다.

니냐'고 농담을 했다고 한다. 이 금관은 금관총, 금령총의 그것과 같은 형식이지만, 테두리에서 머리 위로 교차하는 2개의 띠를 두르고 그 교차점에 3마리의 봉황을 조각해 넣은 특이한 구성을 하고 있었다.

왕세자가 유물에서 좀처럼 눈을 떼지 않기에 금허리띠를 직접 수습해보라고 권하자 왕세자는 외투를 벗고 무릎을 꿇어 성실한 고고학자의 자세로 조심스럽게 들어올렸다고 한다.

그날 저녁 왕세자는 숙소로 곧장 가지 않고 발굴 현장에서 멀지 않은 최부잣집을 방문했다. 여기서 이 고분에 아직 이름이 없다며 작명을 부탁하니 스웨덴의 한자 표기인 서전국(瑞典國)에서

서(瑞)자와 금관의 봉황장식에서 봉(鳳)자를 결합하여 서봉총이라고 이름을 지어주었다.

서봉총 발굴은 그렇게 10월 19일에 완료되었다. 이날 위령 법회가 열렸고 발굴에서 나온 흙과 자갈은 경주 기관차고 공사 현장으로 옮겨 갔다.

서봉총 출토 유물

발굴 결과 서봉총은 역시 돌무지덧널무덤으로 밝혀졌다. 고분 중심부의 원래 지반에 동서 길이 4.7미터, 남북 길이 3.7미터, 깊이 60센티미터의 얕은 토광을 파고 덧널을 완전히 지상에 조성했고 부장곽과 나무널은 T자형으로 배치되었으며 호석으로 보아 원래 봉분은 직경 약 36미터, 높이 약 9.6미터로 중형 고분이었음이 밝혀졌다.

출토 유물을 살펴보면 나무널 안에서는 동쪽으로 머리를 둔 피장자가 착장하고 있었던 금관과 관수식, 금제 태환식(太環式) 귀걸이, 마노 대롱옥, 수정 다면옥, 각종 곡옥을 꿰어 만든 목걸이, 금·은·유리구슬을 꿰고 끝에 비취 곡옥을 단 가슴 장식, 금제 과대(銙帶, 허리띠와 장식), 금·은 팔찌와 유리 팔찌, 금반지 등의 장신구가 출토되었다. 이로 미루어 서봉총은 여성의 무덤으로 추정되었다.

서봉총에서는 칠기류와 각종 도기들도 출토되었는데, 그중에

| **서봉총 출토 금관** | 이 금관은 금관총, 금령총의 금관과 같은 형식인데 측면에서 보이는 테두리에 머리 위로 2개의 띠를 두르고 그 교차점에 3마리의 봉황을 조각해 넣은 구성이 특이하다.

| 서봉총 출토 유물 | **1** 재발굴 당시 발견된 각종 도기류 **2** 연수재명 은합 **3** 항아리 안에서 발견된 패각류.

는 '연수원년(延壽元年)' '신묘(辛卯)'라는 글씨가 새겨진 은합이 있다. '연수'가 어느 나라 연호인지는 확인되지 않았고 신묘년은 설이 분분한 가운데 눌지왕 35년(451), 또는 내물왕 36년(391)으로 추정되고 있다.

그러나 서봉총은 명색이 조선총독부박물관의 발굴임에도 보고서가 나오지 않았다. 그 때문에 어떤 유물이 어디에서 나왔는지도 모르고 전체 유물의 목록도 알 수 없게 되었다. 오직 발굴 책임자였던 고이즈미 아키오가 따로 일본 학술지에 발표한 글이 있을 뿐이다.

이에 국립중앙박물관이 2016년부터 2017년까지 서봉총을 재발굴했다. 이때 무덤 주변에서 고대의 제사 흔적을 발견하는 등 예상 밖의 큰 성과를 거두었다. 무덤 둘레돌에서 큰 항아리 27점이 발견되고 항아리 안에서는 물고기와 조개류 등이 52종류 7천 7백 점 발견되었다. 이를 분석해보니 가을에 많이 잡히는 청어와 방어 등 온갖 종류의 생선으로 확인되었다. 그중에는 돌고래와 복어, 성게 등 귀한 음식도 있었고 남생이 껍질도 나왔다. 모든 재료는 뼈 없이 순살로 발라내서 제사에 바쳐진 것으로 추정된다. 결론적으로 이 무덤의 주인인 신라의 지배층은 풍족한 식생활을 했고, 당시의 유통 활동도 신선한 음식을 바로 먹을 수 있을 정도로 좋았음을 알 수 있다. 특히 동해에서 잡히지 않는 물고기인 민어가 있어 백제와의 활발한 교류를 생각해볼 수 있게 했다.

북분의 지름은 첫 발굴 때의 추정치였던 36.3미터보다 10미터 더 긴 46.7미터로 나타났다. 북분이 원형이 아닌 동서방향으로 긴 타원형이며 남북 봉분의 축조 방식이 달랐던 것이다. 북분은 공주나 왕비가 묻힌 것으로 추정되고 남분에는 신분이 낮거나 어린아이가 매장되었을 가능성이 있다. 그래서 서봉총은 모자(母子)의 무덤일 가능성을 배제할 수 없다고 한다.

서봉총 남분, 데이비드 총

서봉총은 쌍분으로 확인되었으면서도 북분만 발굴되고 남분은 막대한 발굴 비용의 부담으로 계속 지연되고 있었는데, 북분 발굴 후 3년이 지난 1929년, 영국 귀족 퍼시벌 데이비드 경(Sir Percival David, 2nd Baronet)이 자금을 지원하여 발굴하게 되었다.

퍼시벌 데이비드 경의 집안은 할아버지대에 영국에서 영국령 인도로 건너가 정착해 면사 사업으로 막대한 부를 축적한 유대계 집안이었다. 데이비드 경은 대단한 동양미술 애호가이자 대수장가였다. 그가 수집한 중국 도자기들은 중국과 대만의 박물관을 제외하고는 최대 컬렉션으로 거의 다 역대 중국 황실의 전래품이었다. 청나라 말기에 자금성에서 흘러나온 것을 구입한 것으로 알려져 있다. 현재 영국박물관 한국실 바로 옆에 있는 특별실에 그의 컬렉션 1,650점이 전시되어 있다.

데이비드 경은 중국에서 열리는 다양한 전시회와 도록 발간을 지원해주곤 했는데, 사업차 중국에 가 있을 때 서봉총 이야기를 듣고는 '조선의 고대 문화유산이 발굴되면 좋겠다. 내 희망을 허락해준다면 발굴시 견학하고 싶다.'는 편지와 함께 3천 엔을 보냈다고 한다.

이렇게 겨우 발굴을 시작했음에도 남분은 북분에 비해 출토 유물이 매우 초라했다. 금제 귀걸이 2개, 팔찌 4개, 반지 5개, 황색 및 흑색 유리구슬 등이 나왔다. 특히 두 고분의 중복 범위가 좁고 무덤 덧널의 방향도 크게 다른데다 출토 유물의 격도 차이가 있어 원래 표형 쌍분으로 축조된 것이 아닐 수도 있다는 의문을 낳았다.

발굴 후원자인 데이비드 경이 서봉총 남분 발굴에 참관했는지 아닌지는 확인되지 않고 있다. 다만 『동아일보』 1929년 9월 3일 기사에 데이비드가 경주 불국사 철도호텔에 숙박했다고 보도한 것을 보면 다녀간 것으로 추정된다. 이런 연유로 서봉총 남분에는 '데이비드총'이라는 이름이 붙었고 한동안 그렇게 불렸다.

평양 기생의 금관 착용

서봉총의 발굴자 고이즈미는 훗날 평양부립박물관장이 되어 1935년 9월에 '제1회 고적애호의 날' 행사를 기획하고는 자신이 발굴한 서봉총의 금관과 장신구들을 총독부 박물관으로부터 대여받아 특별전을 가졌다.

그런데 그는 성황리에 전시회가 끝나고 서울로 돌아가기 전날 회식 자리에서, 자신이 발굴한 서봉총 금관을 여자에게 씌우고 사진을 찍어 나중에 발행될 자신의 저서에 실으려고 한다며 합석한 기생들 중 평양에서 이름난 미인인 21세의 차릉파(車綾波)에게 촬영을 요구했다.

차릉파는 이튿날 박물관으로 가서 고이즈미를 비롯한 사람들이 모인 자리에서 금제 허리띠와 금목걸이, 금귀걸이, 그리고 금

| **'무엄패례의 차란거'** | 기생 차릉파의 금관 착용을 대서특필한 『조선일보』 1936년 6월 23일자 기사. 이 사건으로 금관과 금제 허리띠가 큰 손상을 입었다.

관까지 착용하고 사진을 촬영했다. 서봉총의 장신구를 모두 착용해보니 그렇게 화려할 수가 없었다고 한다. 차릉파가 착용한 순금 유물들의 무게는 2관 800돈(10.5kg)에 달했다고 한다. 당시는 무사히 지나갔지만 이 사진이 시중에 나돌면서 1936년 6월 23일자 『조선일보』에 "기녀두상(妓女頭上)에 국보(國寶) 금관(金冠)", 그리고 '무엄할 정도로 예에서 벗어난 이 난잡한 행위'라는 뜻으로 "무엄패례(無嚴悖禮)의 차란거(此亂擧)"라는 제목 아래 사진과 함께 대서특필되어 국민들의 공분을 샀다.

　고이즈미는 교육적인 목적으로 사진을 찍어서 저서의 도판으로 사용하려고 한 것이고 그때 기생 중 차릉파만이 긴 치마를 입어서 모델로 섭외했다고 변명했지만 비난은 그치지 않았다. 이 문제로 고이즈미 아키오는 총독부에 불려가 견책 조치를 받고 시말서를 썼지만 평양박물관장에서 파직되지는 않았다고 한다.

당시 이 사건은 아주 유명하여 차릉파는 이 사건 이후 전국적으로 유명해졌다. 1940년 잡지 『모던 일본』 조선판에 당대 식민지 조선에서 둘째가는 재산을 가진 기생이 되었다는 기사가 실렸으며, 소설가 이효석은 1940년 4월 일본 잡지 『문예(文藝)』가 마련한 '조선문학 특집'에 게재한 일본어 작품 「은은한 빛(ほのかなひかり)」에 이 일을 소재로 삼기도 했다.

문제는 이로 인해 유물에 손상이 간 것이다. 금관이 약간 변형되면서 일부 곡옥이 떨어져 나갔다. 금제 허리띠도 차릉파의 허리둘레에 맞추느라 약간 휘어졌다. 국립경주박물관은 X선 형광분석으로 정밀 조사하여 이를 원상으로 복원할 계획이라고 한다.

노동동 · 노서동의 고분들

1921년 금관총, 1924년 금령총, 1926년 서봉총에서 모두 세 점의 금관이 출토되었지만 해방 때까지 신라 금관은 더 이상 발견되지 않았다. 그리고 해방 후 1973년에 천마총, 1974년에 황남대총 북분에서 금관이 발견되고 나서 미추왕릉 지구를 대릉원으로 정비한 뒤에는 신라 고분 관광은 그쪽에 집중되었고, 봉황대를 비롯한 이곳 노동동·노서동 고분군은 잔디만 관리할 뿐 그대로 방치하듯 내버려두었다.

그래도 나는 답사객을 인솔해 올 때면 봉황대에서 발굴 이야기와 함께 느린 걸음으로 답사를 시작한다. 특히 이곳은 울타리 없이 상시 개방되어 있기 때문에 어느 때고 올 수 있다.

발굴된 고분은 봉토를 복원하지 않고 둘레만 높게 돋우어놓아 고분 사이가 촘촘하지 않고 오히려 넓게 열려 있다. 봉황대 바로 곁에는 높직이 돋아 있는 둥근 빈터가 있는데 하나는 금령총 자리이고 그 옆은 식리총 자리다. 그리고 봉황대 길 건너 서쪽은 금관총 자리로 근래에 개관한 금관총 보존전시공간과 신라고분정보센터의 지붕 낮은 현대식 건물이 들어서 있다.

금관총 옆의 빈터는 서봉총 자리다. 쌍분이기 때문에 표주박 모양으로 되어 있다. 그 옆에는 서봉황대라 불리기도 하는 거대한 130호분이 있다. 규모로 보아 이 또한 왕릉으로 추정된다.

130호분 남쪽에는 작은 고분 3기와 함께 장대한 규모의 쌍분인 134호분이 있다. 이 쌍분 또한 왕릉으로 추정되며 곡선이 아주 아름답다. 쌍분이 자아내는 곡선은 우리가 걸음을 옮길 때마다 달리 보이기 때문에 우리는 자연히 고분을 맴돌아 나아가게 된다. 134호분을 돌아나가면 크고 작은 고분 7기가 옹기종기 모여 있다. 거기에는 해방을 맞으면서 처음으로 우리 손으로 직접 발굴한 신라 고분 은령총(銀鈴塚)과 호우총(壺杅塚)이 있다.

해방 직후 우리 고고학과 박물관 사정

8·15 해방 당시 우리나라에 미술사를 전공하거나 박물관에서 학예사로 일했던 사람은 개성박물관에서 고 고유섭(高裕燮) 관장 아래 근무한 황수영(黃壽永), 진홍섭(秦弘燮), 최순우(崔淳雨) 정도밖에 없었다. 한국미술사의 아버지라 할 고유섭 선생은 이미 1940년에 세상을 떠났으니 20대의 제자들에게 이 무거운 짐이 맡겨진 것이다. 유럽으로 유학하여 고고학을 정식으로 전공한 사람은 김재원(金載元, 1909~90), 도유호(都宥浩, 1905~82), 한흥수(韓興洙, 1909~?) 세 사람 정도였다.

도유호는 함흥 출신으로 오스트리아의 빈대학에서 고고학을 전공하고 고향에서 교편을 잡다가 해방 후 남한에서 공산당에 입당해 과학자동맹위원장직을 맡았는데 미군정이 체포령을 내리자 가족과 함께 월북하여 1947년 김일성종합대학의 교수이자 고고학연구소장이 되어 1949년에 고구려 벽화고분인 안악 3호분을 발굴하고 1952년에 과학원이 설립되자 물질문화연구소 초대소장으로 북한 고고학계를 이끌었다.

한흥수는 1930년 일본 상지(上智, 조치)대학의 도리이 류조(鳥居龍藏) 문하에서 인류학과 고고학을 전공하고『진단학보』에「조선의 거석문화연구」등을 발표하며 학술활동을 했다. 1936년 오스트리아 빈에서 도유호를 만나 빈대학에서 민속학과 선사시대를 공부하다 프라이부르크대학에서 박사학위를 받고 체코 프라하

| 해방 직후의 고고학자들 | 1 도유호 2 한흥수 3 김재원

동양학연구소에서 활동했다.

해방 후 한흥수는 1947년 프라하에서 열린 국제직업연맹(WFTU) 총회 등에 북한이 파견한 대표단을 안내하기도 했는데 1948년 무렵 평양의 초청으로 북한으로 들어가 조선물질문화유물조사보존위원회 위원장을 맡으며 도유호와 고고학계를 주도했다. 그러나 1953년 남로당 숙청 때 고고학계에서 사라졌다.(한창균 「도유호와 한흥수: 그들의 행적과 학술논쟁」, 『한국고고학보』 87호, 2023)

김재원은 독일 뮌헨대학에서 교육학과 고고학을 전공하여 문학박사 학위를 취득하고 귀국 후 보성전문학교 교수로 근무하다가 해방 후 초대 국립박물관장이 되었다. 그는 해방 직후 38선 상황이 불안한 것을 보면서 당시 남한 땅이었던 개성박물관의 유물을 모두 서울의 국립박물관으로 이관시켰다. 그래서 한국전쟁 후 개성이 북한으로 넘어갔으나 개성박물관의 창고는 비어 있었다.

또 한국전쟁 중에는 서울에 남아 박물관을 지켰는데, 서울을 점령한 북한이 유물을 북쪽으로 반출하려고 조선물질문화조사 보존위원회 완장을 찬 사람들이 유물 포장을 지시했다. 그러나 최영희, 최순우, 김원용 등 박물관 직원들이 포장 시간을 길게 끌며 지연시켰고, 결국 서울 수복 후 미군의 도움을 얻어 유물들을 부산으로 대피시켰다.

이렇게 박물관을 지킨 김재원 관장은 1970년까지 무려 25년간 국립박물관장으로 재직하면서 박물관의 위상을 높였다. 특히 고고학과 미술사를 전공하는 인재를 양성하기 위해 해외 문화교육재단의 지원을 받아내어 김원용·윤무병·안휘준·정영화 등을 유학시켰고 두 딸인 리나와 영나도 동양미술사와 서양미술사를 전공하여 각각 홍익대 교수와 국립중앙박물관장을 지냈다.

호우총과 은령총

김재원 관장은 우리 손으로 직접 신라 고분을 발굴해볼 계획을 세워 해방 이듬해인 1946년, 노서동 고분군 남쪽 끝에 있는 139호분과 140호분 발굴에 들어갔다. 두 고분에는 민가 건축이 들어서 있었고 이미 오래전에 파괴되어 봉분은 깎여나가 주변보다 2미터 정도 높은 대지로만 남아 있었다. 봉토가 파괴된 상태에서 연접된 표주박 모양의 쌍분으로 추정되었지만, 발굴하면서 두 고분의 봉토 주위로 둘러져 있던 호석 일부가 각각 드러나 서로 다른 분묘로 봉토만 같은 별도 2기의 신라 돌무지덧널무덤으

| **호우총·은령총 발굴 현장** | 호우총과 은령총 발굴은 우리 손으로 직접 신라 고분을 발굴해보겠다는 생각에서 시작되었다.

로 밝혀졌다.

김재원 관장은 고고학을 전공했지만 발굴 현장 경험이 부족했는데, 마침 조선총독부박물관의 마지막 주임(실질적으로 관장)인 아리미츠 교이치(有光教一)가 박물관 소장품을 인수인계하기 위해 서울에 머물고 있어 그의 도움을 크게 받았다고 한다. 이런 사

| 호우총 출토 유물 | 금꾸미개(왼쪽)와 유리목걸이(오른쪽).

실은『호우총과 은령총: 1946년 발굴 보고』(국립박물관 고분 조사 보고 제1책, 을유문화사 1948)에서 김재원 관장이 쓴 서문에 명확히 밝혀져 있다.

139호분은 비교적 후기에 속하는 돌무지덧널무덤으로 널 안에서는 금동관, 금제 귀걸이, 곡옥, 유리구슬 목걸이, 은팔찌와 반지, 은제 허리띠 등의 장신구가 피장자에게 착장되어 있었고 널 안에서도 금제 머리용 장신구, 작은 손칼, 가락바퀴〔紡錘車〕 등 장신구류와 말안장틀 등 마구류, 청동합, 칠기, 토기 등 생활용기들이 부장되어 높은 신분의 여성의 묘임을 확인할 수 있었다. 그리

| '광개토대왕'명 호우 | 호우총에서 출토된 고구려 청동 그릇으로 이 그릇이 왜 신라 무덤에서 나왔
는지는 아직 명확히 밝혀지지 않았다. 명문으로 보아 고구려에서는 이런 모양의 그릇을 '호우'라고
불렀음을 알 수 있다.

고 특이하게도 은방울〔銀鈴〕이 발견되어 은령총이라 불리게 되었
다. 은령총은 호석을 기준으로 하여 지름 20미터, 높이 5미터의
봉분으로 복원되었다.

　140호는 유명한 호우총이다. 역시 돌무지덧널무덤으로 피장
자는 금동관과 가는고리금귀걸이, 끝에 비취곡옥이 달린 유리구
슬 목걸이, 금팔찌 1쌍과 금반지·은반지 각각 5쌍, 은제 과대 등
장신구가 착장되어 있고 한 마리의 용 조각이 있는 이른바 '단룡
(單龍) 환두대도'가 발견되었다. 그리고 봉황문 투조(透彫) 장식이
있는 안장과 각종 마구, 도깨비얼굴 화살통이 출토되어 지체 높

은 무신의 묘로 추정된다.

특히 여기서는 신기하게도 그릇 밑면에 4행 4자씩 총 16자 '을 묘년국강상광개토지호태왕호우십(乙卯年國罡(岡)上廣開土地好太王 壺杆十)'이 새겨져 있는 청동합이 나왔다. 이 '광개토대왕 명 호우' 그릇이 왜 신라 무덤에서 나왔는지는 명확히 밝혀지지 않았지만 신라가 고구려의 정치, 군사적 영향 아래에 있었음을 보여주는 물증이 되고 있다. 을묘년은 415년, 고구려 광개토대왕 사후 3년 으로 신라 실성마립간 14년으로 추정되고 있다.

도심 속에 왕릉이 있다는 뜻

노동동·노서동 고분군 답사는 이 은령총과 호우총을 들르는 것으로 끝나게 된다. 그리고 고분공원을 떠나기 전에는 고분 사 이를 느린 걸음으로 산책한다. 노서동 고분군은 아무 설명이 없 더라도 마냥 거닐고 싶게 하는 사랑스럽고 그윽한 고분공원이다. 공원에는 항상 나무 그늘 밑 한쪽에 앉아 한가로움을 즐기는 경 주 시민들이 곳곳에 있다.

나는 이들의 명상을 방해하지 않을 곳을 찾아 잔디밭에 답사 객들을 앉혀놓고 앉은 자리에서 고분공원을 다시 한번 바라보게 한다. 넓은 잔디밭 곳곳에 자라고 있는 나무들이 편안한 공간감 을 자아내는 가운데 겹겹이 펼쳐지는 고분의 능선들이 역사적 향 기에 절로 젖어들게 한다. 그러는 사이 우리는 역사와 더욱 친해진다.

이런 분위기 때문에 경주에는 역사에 심취해 홀로 신라 역사를 탐구하는, 요즘 말로 '덕후'들이 아주 많다. 그래서 경주에서 열리는 대중강연회는 발표자를 자못 긴장시킨다. 그리고 실제로 객석의 질문도 수준이 높다.

2021년 10~12월, 국립경주박물관에서 '금관총 발견 100주년 기념강연회'를 온라인 생중계로 열었는데 이때 시청자가 던진 질문은 "신라 사람들은 왜 서라벌 시내, 그것도 왕궁 가까이에 조상들의 무덤을 조성했습니까?"였다. 이 뜻밖의 질문에 발표자는 "그건 알 수 없습니다. 그랬다는 사실만은 확실한데 그 이유는 모르겠습니다."라고 정직하게 대답 아닌 대답을 하고 그냥 넘어갔다.

혹자는 배산임수, 좌청룡우백호라는 풍수사상이 등장하지 않았기 때문이라고 답하기도 하고, 혹은 농지를 확보하기 위하여 평지에서 산으로 옮겨 간 것이 아니냐고 말하기도 한다. 또는 당시의 지형은 지금과 사뭇 달라서 이곳이 하천의 물줄기가 있는 습지의 언덕이었다고 말하기도 한다.

그러나 그게 이유의 전부는 아닌 것 같다. 이 정도의 대답으로 역사 덕후들을 설득하고 만족시킬 수 없다. 사실 이런 질문은 현상이 아니라 본질에 관한 물음이다. 이는 죽음에 대한 당시 사람들의 의식에 관한 문제로 인문학적 통찰력 내지 상상력을 요구하는 것이기 때문에 답하기가 대단히 어렵다.

오래전에 나도 이 문제를 심각하게 생각하여 삼불 김원용 선생에게 물은 적이 있다. 그때 삼불 선생은 깊이 생각하는 표정을 짓고는 이렇게 답했다.

"도심 속에 분묘가 있다는 것은 그분들의 음덕으로 우리네 삶의 영광이 있다는 생각에서 가까이에 모시고 지키면서 사는 것이고, 멀리 산자락에 조성한다는 것은 그분들의 가호 아래 우리의 삶이 영위된다는 뜻이 있는 것 아니겠어요."

삼불 선생은 이런 생각을 어딘가에 언급한 것이 있어 이 글을 쓰기 전에 찾아보았는데 좀처럼 나오지 않는다. 훗날 확인되면 전거를 제시하겠다. 강인욱 교수 또한 비슷한 견해로 마립간 지배자들이 새로운 고분 형식을 도입하여 건설함으로써 대내외적으로 새로운 개혁을 과시하려 한 것으로 해석했다(『테라 인코그니타』, 창비 2021).

아무튼 이는 고신라인들의 죽음에 대한 인식의 문제인 것이다. 처음에는 이런 마음으로 조상들을 모시고 살았지만 어느 순간 그럴 필요가 없어지면서 도심을 떠난 것이다. 처음 마립간 시기로 들어가면서는 왕가의 권위를 과시하기 위해 가까이에 모시며 호화로운 부장품으로 장대하게 조성했지만 연륜이 쌓이면서 어느 순간 더 이상 위세를 부리지 않아도 좋을 만큼 왕권이 강화된 시점에 변화가 일어난 것이다. 그 전환의 시점은 마립간에서 왕으로 넘어가는 지증왕(재위 500~14) 때였다. 그래서 대릉원 일원의 신라 고분은 4세기 후반부터 6세기 초의 마립간 시기로 편년되고 있다.

그리고 그의 아들 법흥왕(재위 514~40)이 불교를 받아들이면서 죽음에 대한 관념을 크게 바꾸어놓았다. 그리하여 법흥왕이 선도산 아래에 묻힌 이후 신라의 왕릉은 다시는 서라벌 시내로 들어오지 않았다. 그래서 지증왕에 이르러 신라가 비로소 고대국가다운 국가가 되었다고 말하는 것이다.

지난날 고분공원, 오늘의 고분공원

나는 일 년에 몇 번은 경주에 다녀온다. 대개 강연이 있어 오는데, 묵어갈 때면 즐겨 봉황대를 찾아 가까이 있는 단골집에서 갈치조림찌개로 저녁을 먹고 노동동·노서동에서 산보를 즐기다 숙소로 돌아가곤 한다.

어느 때 간들 마다하랴마는 늦가을 낙엽이 떨어지기 시작하고 봉분 위의 잔디가 누렇게 물들 때면 처연한 분위기가 절로 일어나는데 해질녘이 되어 노을이 짙게 물들 때면 노년의 황혼에 깃드는 스산한 서정의 울림이 있다. 특히나 해가 긴 여름날 경주에 답사 올 때면 시내에서 맛있는 토속식당에서 저녁을 먹고 땅거미가 질 때부터 어둠이 내릴 때까지 고분과 고분 사이를 거니는 것은 내 답사 인생에서 빼놓을 수 없는 추억들이다.

그러던 노동동·노서동 신라고분공원이 면모를 일신하고 새 주인들을 맞이하고 있다. 2016년 무렵 '황리단길'로 젊은이들이 몰려들면서 그 여파가 이곳에 미친 것이다. 노동동·노서동을 동서로 나누는 봉황로를 따라 남쪽을 내려가 내남네거리에서 태종로 큰길을 건너면 거기가 황리단길이다. 황리단길이란 서울의 경리단길을 벤치마킹하여 황남동의 낡은 한옥을 젊은이들 취향에 맞게 현대적으로 재정비하여 새로 형성된 젊은이들의 거리다.

관광객들을 대상으로 하는 경주시의 상권이 황리단길로 쏠리면서 황남동 일대는 젠트리피케이션(gentrification)이 일어나고 마침내 경주시는 이 낙후된 노동동·노서동의 고분공원도 정비하게 된 것이다. 황리단길에는 무수히 많은 개량식 한옥이나 길가 상점을 개조한 독특한 카페, 제과점, 음식점, 한옥 게스트하우스(민박), 기념품점, 사진관 등 다양한 종류의 점포들이 입점하고 있어 북적대지만, 노동동과 노서동을 가르는 봉황로는 한적한 분위기를 즐기는 젊은이들의 차지가 된다.

언제 어느 때 찾아와도 고분 아랫자락에 돗자리를 펴놓고 쌍쌍이 앉아 있는 모습을 볼 수 있다. '인생 샷'을 찍기 위해 의상과 카메라 장비를 갖고 온 이도 있고, 고분을 배경으로 유튜브에 올릴 동영상을 촬영하기도 한다.

저녁이면 젊은이들이 더 모여든다. 혹자는 고분공원이 이렇게 데이트족의 차지가 된 것을 못마땅하게 생각하기도 하지만 나는 그들이 역사의 향기가 이는 곳을 찾아와 즐기는 것을 기특하게 생각하며 그들을 방해하지 않으려고 발길과 눈길을 피해주며 고

| **고분공원** | 노동동·노서동 고분공원의 새로운 주인공은 바로 젊은이들이다. 더 많은 이들이 역사의 향기가 이는 고분공원을 찾아와 즐길 수 있다면 좋겠다.

분 사이로 내 길을 걷는다. 보문단지 호텔방에 갇혀 있지 않고 신라 고분의 정취를 느끼며 '저녁이 있는 여행'을 즐긴다.

그런데 이 고분공원을 진짜로 즐기는 이들은 외국인 관광객

이다. 그들의 눈에 시내에 자리 잡은 고분공원은 '비현실적 공
간'으로 비친다. 1,500년 전의 무덤이라는 사실에 더욱 신기해
한다. 더욱이 밤이면 야경이 환상적으로 전개된다. 아름다운 능
선이 겹겹이 펼쳐지는 고분을 배경으로 라이트아트를 방불케

하는 야경이 펼쳐지니 그들 눈에 비현실적으로 비칠 만도 한 것이다. 곳곳에서 고분을 배경 삼아 사진을 찍으면서 "원더풀 (wonderful)! 팬태스틱(fantastic)! 인크레더블(incredible)! 언빌리 버블(unbelievable)!" 하고 감탄사를 발하는 소리가 멀리 있는 내 귀에 선명히 들려오곤 한다. 그럴 때면 나는 경주가 더욱 자랑스 러워진다.

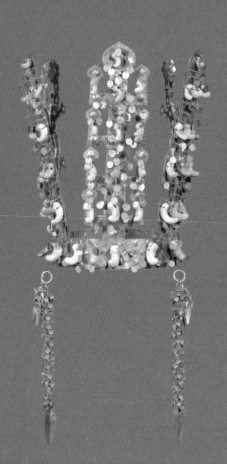

신
라
3 ── 대릉원(천마총·황남대총) ──

지상엔 금관,
천상엔 천마

대릉원으로 가는 길

이제 우리는 노동동·노서동 고분군 답사를 마치고 황남대총과 천마총이 있는 대릉원으로 발길을 옮긴다. 노서동과 노동동을 가르는 봉황로를 따라 남쪽으로 내려오면 이내 내남네거리가 나온다. 이 네거리 이름 또한 묘하다. '노서동·노동동'이 직설적으로 길 서쪽, 동쪽을 가리킨 것이었는데 이번에는 혹시 '나와 너'를 가리키는 말은 아닐까 하고 고개를 갸우뚱하게 만든다.

내남네거리라는 이름은 경주시가 지금처럼 팽창하기 전인 1955년까지만 해도 이 큰길 건너부터가 월성군(月城郡) 내남면(內南面)이어서 그렇게 불려온 것이다. 아무튼 이 내남네거리 건너 남쪽으로 곧장 뻗은 길은 남산 자락을 타고 포석정, 삼릉계를 지나 소고기로 유명한 울주군 봉계리와 언양으로 이어지는 옛길이다. 이 길 이름은 초입에 포석정이 있어 포석로라고 하는데 내남네거리부터 약 700미터 떨어진 황남초등학교까지의 포석로가 속칭 황리단길이다.

대릉원으로 갈 때는 내남네거리에서 황리단길을 걸어 돌아들어가는 것도 나쁘지 않지만, 신라 고분 답사라면 황남동네거리로 해서 가는 것이 훨씬 교육적이다. 더욱이 근래에는 여기에 쪽샘 유적발굴관이 개관되어 있어서 신라 고분의 내부 구조를 살펴보고 갈 수도 있다. 그러나 내가 오래전부터 이 길을 선호해온 것은 솔직히 말해서 황남빵 본점이 있기 때문이다.

경주 황남빵

많은 옛날 어린애처럼 나는 단팥을 좋아했다. 그것에 인이 박여 어른이 되어서도 겨울이면 단팥죽, 여름이면 팥빙수를 즐겨 먹는다. 그리고 답사를 다닐 때면 고속도로 휴게소에서 천안 호두과자, 경주에 오면 경주 황남빵을 거의 반드시 사 먹는다. 둘 다 일제강점기에 시작된 오랜 지역 특산물인데 이것이 전국으로 퍼져 나가면서 이른바 상표권 때문에 이름이 복잡하게 되었다.

황남빵은 1938년 전후에 고 최영화(1917~95) 옹이 처음 만들었다는 것에 아무 이론이 없다. 지금 황남동 대로변에 있는 황남빵 본점은 둘째 아들과 며느리가 대를 이어가고 있다. 한동안 경주빵이라는 말은 없었다.

이 황남빵집에는 유복자로 태어나 14살에 이 집에 들어와 성실히 일하여 최영화로부터 수제자로 인정받은 이상복이 있었다. 그가 29살이 되던 해에 간판까지 허락받고 포항에서 황남빵 가게를 열었다. 그런데 최영화가 작고한 후 둘째 아들이 상표등록을 하면서 간판을 앗아갔다. 이에 그가 1998년 경주 엑스포에서 황남빵을 구어 전국에 알리면서 만든 것이 '이상복명과'라는 경주빵이다.

한편 맏며느리는 맏며느리대로 최영화가 죽기 전에 모든 기술을 전수받고, '최영화인(印)' 도장도 물려받았다. 그래서 경주 사람들은 이 집 빵이 옛날 황남빵 맛이 더 나는 것으로 치기도 한다. 그런데 상표권 문제로 집안 내에 소송이 붙었다가 서로 양보하여 '경주 황남빵'이라는 이름을 사용하기로 합의했는데 맏며느리가 아예 '최영화빵'이라는 단독 상호를 내건 것이다.

이리하여 황남빵이 '천안 호두과자' '안흥 찐빵'처럼 보통명사화하여 경주빵으로 널리 보급되고 있는 것이다. 그래도 나는 경주에 가면 기어이 황남빵 가게에 들러 한두 박스 사서 답사회원들과 나누어 먹는다. 그러면 모두들 경주빵이 이렇게 맛있는 것이었냐고 감탄한다.

비결은 현장에서 바로 구워낸 따뜻한 것을 먹었기 때문이다. 갓 구워 나온 황남빵은 빵 표면이 바삭하고 속은 부드럽고 촉촉하지만, 식으면 팥에서 수분이 나와 표면이 축축해지고 속은 약

| **쪽샘지구의 옛 모습** | 1973년의 쪽샘지구. 여러 건물과 골목길이 고분들 사이로 조밀하게 밀집해 있는 무덤 반, 주택 반의 동네였다.

간 굳는다. 이는 천안 호두과자도 마찬가지다. 어디 국화빵은 안 그렇고 빈대떡, 감자전은 안 그렇던가. 문화유산도 현장에서 직접 보고 느껴야 그 진수를 맛볼 수 있다는 점에서 매한가지다.

황남동 쪽샘지구

쪽샘지구는 대릉원 동쪽을 가리키는 말로 정확히는 '황오동 고분군 쪽샘지구'라고 해야 맞다. 이 일대는 황족들이 살던 황촌이 있던 곳이라 해서 남쪽은 황남동, 동쪽은 황오동이라는 동네 이름을 갖고 있다. 쪽샘은 이곳에 샘이 하나 있는데 그 물맛이 좋

| 쪽샘 | 경주 3대 우물로 꼽혀 지금도 동네 안쪽 육각정 보호각 안에 쪽샘이 보존되어 있다.

고 가뭄에도 마르지 않아 사람들이 쪽박으로 물을 떠 마셨다고
해서 얻은 이름이다. 이 쪽샘은 백률사 우물, 황오리 반구정 샘과
함께 경주 3대 우물로 꼽혀 지금도 동네 안쪽 육각정 보호각 안
에 쪽샘이 보존되어 있다.

조선시대 말기에 쪽샘지구는 수많은 집들로 가득 차 있어 무
덤 반, 주택 반이었다. 1925년 신라 고분에 일련번호를 매길 때
1번부터 89번까지가 여기에 들어 있다. 일제강점기에 이 쪽샘지
구의 파괴된 고분들이 많이 발굴되었는데 큰 성과를 얻지 못했고
발굴보고서도 제대로 나온 것이 없다.

쪽샘지구는 양철지붕, 초가지붕의 무허가 건물이 밀집해 있었

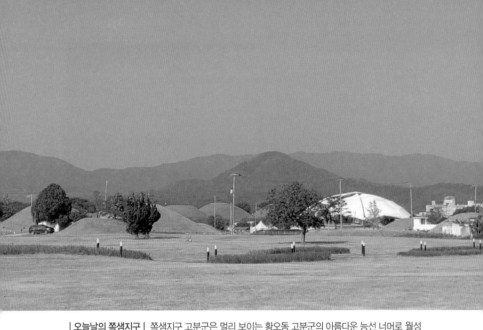

| **오늘날의 쪽샘지구** | 쪽샘지구 고분군은 멀리 보이는 황오동 고분군의 아름다운 능선 너머로 월성이 아련히 펼쳐지는 경관을 갖고 있다. 흰색 돔 건물이 44호분 발굴 전시관이다.

고 골목길이 아주 조밀하게 연결되어 있던 낙후된 동네였다. 오랫동안 주택 신축은커녕 집수리도 못하게 하는 문화재보호구역으로 엄격히 관리되어 주민들의 원성을 사오다가 나라에서 토지를 수용하고 2007년부터 본격적으로 주변 정비에 들어갔다. 그 결과 쪽샘지구 고분군은 지금과 같이 면모 일신하여 이제는 멀리 황오동 고분군의 아름다운 능선 너머로 신라 왕궁이 있던 월성이 아련히 펼쳐지는 경관을 갖게 되었다. 봉황대가 있는 노동동·노서동 고분군, 대릉원 안의 고분군과는 또 다른 역사적 정취를 자아낸다.

이런 쪽샘지구에 2020년 11월 18일 어떤 사람이 SUV 차량을

몰고 79호분에 올라가 차를 주차하는 일이 생겨 많은 사람들의 분노를 샀다. 이 운전자는 경범죄로 처벌받았다고 하는데, 죄질은 문화재 파괴범임에도 적용 법규는 주차위반 정도였던가보다.

44호분은 공주의 무덤

쪽샘지구 북서쪽 모서리에 있는 44호분은 중형 크기의 고분으로, 2014년 여기에 돔 형식의 유적발굴관을 먼저 짓고 그해부터 발굴을 진행했다. 유적발굴관은 발굴이 진행중이던 2016년부터 내부 전시시설과 체험 프로그램을 갖추고 개관했다. 1층에서는 발굴조사 현장의 모습을 그대로 보여주었으며, 2층에는 발굴이 진행되는 과정과 신라 고분을 이해할 수 있는 다양한 자료들을 배치하여 학생과 시민들이 발굴하는 모습과 함께 신라의 역사와 문화를 배울 수 있도록 했다. 그래서 대릉원 답사 전에 여기서 무덤 내부를 견학하는 것이 유리하다고 한 것이다.

발굴 결과 봉분은 지름 약 31×23미터의 타원형으로 대릉원 일원 고분군 중 중형의 크기다. 내부는 역시 돌무지덧널무덤이었다. 여기서도 엄청난 유물들이 수습되었다. 금동관, 금드리개 한 쌍, 금귀걸이 한 쌍, 가슴걸이, 금·은 팔찌 12점, 금·은 반지 10점, 은허리띠 장식 등 장신구들이 시신에 착장된 상태로 출토되었다. 모든 유물들이 한결같이 아담한 사이즈다. 그리고 이 무덤의 주인은 키 130센티미터 안팎, 나이 10세 전후의 어린 소녀로 확인

| **쪽샘 44호분 발굴 현장** | 발굴 결과 타원형으로 대릉원 일원 고분군 중에서는 중형의 규모였고 돌무지덧널무덤의 구조를 갖추고 있었다.

되어 공주의 무덤으로 추정되고 있다. 그리고 순장자의 것으로 보이는 귀걸이 3쌍도 함께 출토되었다.

특히 이 무덤에서는 돌절구와 절구 공이가 부장되었는가 하면 바둑통과 함께 바둑돌 200여 알이 발치에서 발견되었으며 제사용품으로 쓰이는 큰 항아리 16개와 함께 기마행렬, 무용, 수렵 등이 그려진 목긴항아리, 이름하여 '행렬도 선각문 장경호'가 나왔다.

그리고 비단벌레 날개를 문양으로 삼은 황금 장식품이 수십 점 발견되어 정밀 복원해본 결과 '비단벌레 꽃잎장식 직물 말다래'로 확인되었다. 이를 원상으로 복원해보니 175개의 금동달개가 달린 말다래였다.

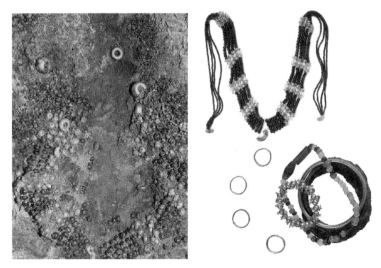

| 쪽샘 44호분 출토 장신구들 | 이 무덤의 주인공은 키 130센티미터 안팎, 나이 10세 전후의 어린 소녀로 확인되었다. 소녀의 시신은 금동관과 금귀걸이, 가슴걸이, 팔찌, 금반지 등의 장신구로 치장되어 있었다.

쪽샘 44호분은 우리 고고학 발굴이 얼마나 발전했는가를 여실히 보여준다는 점에서도 기념비적인 공간이다. 천막이 아니라 돔을 설치하여 안전하게 발굴하고 발굴과정을 일반에 공개했으며 발굴 후엔 무덤의 내부를 보여주는 전시관으로 단장했으니 얼마나 흐뭇한 일인가.

발굴단은 이런 발굴 환경에 값하듯 전에 없는 신중함과 정리정돈을 보여주며 작업을 이어갔는데, 적석부에 사용된 강돌을 유적발굴관 바깥 한쪽에 가지런히 쌓아놓은 모습이 아이들 말로 '장난이 아니다'. 발굴단이 이번에 일일이 그 개수를 헤아려보았는데 약 16만 5천 개(164,198)에 이르고, 총 무게는 약 990톤으로 추정된다고 한다.

미추왕릉과 검총

이제 우리는 대릉원으로 들어간다. 대릉원 담장 안에는 90호분부터 114호분, 그리고 151호분에서 155호분까지 모두 30기의 고분이 모여 있다. 그중 98호분이 황남대총이고 155호분이 천마총이다. 쪽샘지구는 몇 기만 제외하고 대부분 소형 고분으로 다닥다닥 붙어 있는 데 반해 대릉원 안에는 대형, 중형 고분이 간격을 넓게 벌리고 펴져 있다. 그래서 일찍부터 미추왕릉지구로 불린 이곳을 정비하고 대릉원이라 이름 지은 것이다.

입구로 들어서서 겹쳐 펼쳐지는 고분들을 바라보며 길 따라 걷다가 처음 만나는 대형 고분이 미추왕릉(106호)이다. 『삼국사기』「신라본기」284년 조에 보면 "10월에 미추이사금이 사망하여 대릉(大陵)에 장사지냈다"고 했다. 미추왕릉은 높이 13미터, 지름 57미터의 대형 고분으로 비석과 함께 제단이 설치되어 있고 앞쪽이 넓게 열려 있다. 미추왕은 경주김씨 중 최초로 왕위에 오른 분이어서 해마다 경주김씨들이 제례를 행하고 있는데, 능에서 내다보이는 남쪽 담장 너머에 경주김씨 사당인 숭혜전(崇惠殿)도 있다.

중형 고분들 사이로 조성된 관람로를 더 따라가다보면 대나무가 무성히 자라 울타리처럼 둘러 있는 고분이 나오는데 이것이

| **미추왕릉** | 대릉원 안에 들어서서 처음 만나는 대형 고분은 미추왕릉(106호)이다. 일찍부터 대릉원은 미추왕릉 지구라고 불리기도 했다.

100호분, 검총이다. 일제강점기 초기에 어설프게 발굴하여 유물 몇 점과 검총이라는 이름만 남겨놓았는데 언젠가 재발굴을 하면 금관총처럼 많은 성과가 있을 것으로 기대된다.

그리고 검총을 지나 바로 훤하게 열리는 공간 왼쪽으로는 천마총이 의젓이 자리 잡고 있고, 오른쪽 연못 너머는 황남대총 쌍분이 아름다운 능선을 그리며 육중한 자태로 신라 고분의 위용을 보여주고 있다. 여기로 가는 길이 대릉원 답사의 촬영 포인트로, 언제 어느 때 가도 기다리는 줄이 길게 늘어서 있다.

내가 이 자리에 선 것은 몇 번인지 헤아려볼 수 없을 정도로 많지만 언제 어느 때 와도 그저 아름답고, 신비스럽고, 자랑스러운 마음이 절로 일어난다. 금관을 비롯해 여기서 출토된 수만 점의 유물들을 생각하면 이곳은 고신라 문화유산의 성지 중 성지다.

신라 문화와 역사 연구는 천마총과 황남대총 발굴 이전과 이후로 확연히 갈린다. 천마총과 황남대총이 있어 신라라는 고대국가의 존재감이 살아나며, 나아가서 신라 시대 우리 문화에 대한 자랑과 자부심이 일어난다.

경주 관광 종합개발계획

천마총과 황남대총 발굴은 대한민국 현대사에서 다시없을 희대의 대역사(大役事)였다. 이후 50년이 지났지만 이런 대규모의 문화재 발굴은 아직 없었다. 어쩌면 앞으로 100년 내로는 다시 나오기 힘들 것이라는 생각도 든다. 이 발굴은 1971년부터 1978년까지 7년간 거국적으로 시행된 '경주 관광 종합개발계획'의 중점사업 중 하나였다. 이 사업은 1971년 6월, 박정희 대통령이 포항제철소의 화입식(火入式)에 갔다가 경주를 둘러볼 때 경부고속도로가 1년 전(1970년 7월)에 이곳을 지나 개통되면서 방문객이 증가되고 있다는 보고를 받고 청와대에 돌아가자마자 유적들의 보존과 활용 방안을 수립하라고 지시하면서 시작되었다.

그리하여 그해 6월 12일 경주관광개발계획단이 발족되어 관련 각 부처의 실무 작업반이 편성되었고 약 2개월여에 걸친 합동작업 끝에 종합계획안이 마련되었다. 문화재 사업의 주요 골자는 불국사 복원, 석굴암 진입로 건설, 국립경주박물관 건립, 그리고 가장 큰 신라 고분인 98호분(황남대총) 발굴과 거기서 출토된 유물을 전시한다는 것이었다. 그리고 관광산업을 위해 보문동에 호수를 조성하고 특급 호텔 숙박단지와 위락시설을 갖춘다는, 당시로서는 상상하기 힘든 방대한 계획이었다.

당시 우리나라 일인당 국민소득은 300달러였다. 세계은행의 차관을 얻어낸다는 것이 보통 어려운 일이 아니었다. 그때 발리섬도 차관 신청을 준비하고 있었다는데 우리가 훨씬 어려운 여건이었다고 한다. 이에 차관을 얻어내기 위하여 보문단지 계획안을 세우는 데는 토목, 건설, 교통 분야의 최고 전문가들이 참여했고 김수근, 이광로(서울대), 나상기(홍익대) 등 당대 최고의 건축가들이 자문을 맡았다. 결국 세계은행으로부터 역대 관광개발 차관 금액으로는 세 번째로 많은 2,500만 달러를 받아냈다. 그리하여 1972년 1월에 사업 전담기구인 경주개발건설사무소가 설치되었다.

98호분을 발굴하고 무덤 내부를 공개하는 것은 '미추왕릉지구 고분정화 및 고분공원(대릉원) 조성사업'으로 확정되었다. 발굴단장은 김정기 당시 문화재관리국 문화재연구실장이었고 발굴단원은 대학에서 고고학과 역사학을 전공한 해방 후 1세대들이었다. 올해(2023) 4월 6일, 천마총 발굴 50주년 기념행사가 열렸는데 여기에 당시 발굴단원 김동현(전 국립문화재연구소장), 지건길(전 국립중앙박물관장), 윤근일(전 국립경주문화재연구소장), 최병현(숭실대 명예교수), 소성옥(당시 발굴조사원), 남시진(계림문화재연

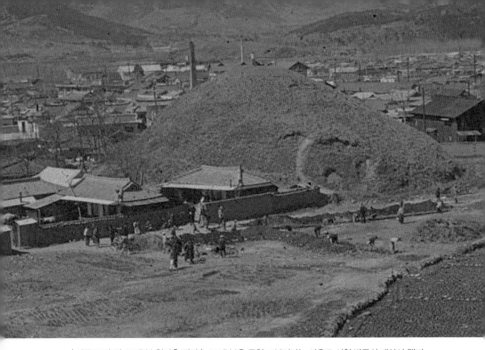

| 발굴 조사 전 155호분 천마총 전경 | 155호분은 중형 고분이라는 이유로 시험 발굴의 대상이 됐지만 바닥 지름 47미터, 높이 12.7미터에 달하는 만만치 않은 규모였다. 주위에 있는 집들이 이 고분의 스케일을 잘 말해준다.

구원장) 등이 참석했다.

그러나 98호분은 남북 120미터, 동서 80미터, 높이 23미터의 대형 고분으로 아파트 7층 높이에 해당하는 동산만 한 크기다. 발굴단원들은 저 엄청난 봉분을 허물고 내부를 조사한다는 것이 엄두가 나지 않아 한숨만 나왔다고 한다. 마치 임상실험을 거치지 않고 곧바로 수술에 들어가는 것과 마찬가지였다. 그래서 내놓은 안이 시범 삼아 바로 곁에 있는 중형 고분 155호분부터 시험적으로 발굴해보는 것이었다. 그리하여 1973년 4월 6일 9시 30분, 간소한 위령제를 지내고 155호분 발굴의 첫 삽을 떴다.

| 천마총 발굴 현장의 사람들 | 실측 조사에서 유물 수습까지, 연인원 3,451명이 동원된 대역사였다. 발굴 단원은 남시진 조사보조원, 지건길 학예연구사, 최병현 조사보조원, 박지명 문화재관리국 직원, 김정기 발굴단장, 소성옥 조사보조원(최병현의 부인), 김동현 문화재관리국 전문위원, 윤근일 조사보조원.

155호분 천마총 발굴

155호분은 비록 중형이라고 하지만 바닥 지름은 47미터, 높이는 12.7미터에 달한다. 봉토를 걷어내기 시작하는데 여기서 나온 흙의 양이 8톤 트럭으로 700대 분이었다고 한다. 약 6미터 깊이의 봉토를 제거하자 이번에는 강돌로 덮여 있었다. 이 강돌은 인부들 손으로 나르는 수밖에 없었다.

발굴 시작 석 달 가까이 되자 매장주체부가 서서히 드러나면서 유물층에 도달하고 있었다. 그러던 7월 3일 박정희 대통령이 발굴현장을 방문하여 유물 노출 상태를 확인해보고는 지원금으

| **천마도 수습의 순간** | 발견 당시 천마도는 색채가 고스란히 살아 있는 보기 드문 신라의 회화 작품이었기에 이를 처음 발견한 발굴단원들은 깜짝 놀랄 수밖에 없었다.

로 100만 원을 발굴단에 주었다고 한다. 당시 하루 인부 인건비가 600원이었다고 하니 오늘날로 환산하면 약 5천만 원에 상당하는 거액이었다.

7월 27일 마침내 금관이 출토되었다. 참으로 신기한 것은 사람에게 팔자소관이 있듯이 유물에도 팔자가 있는 것인지도 모르겠다. 단지 시험발굴로 시작한 이 155호분에서 그렇게 숨죽이며 고대하던 금관이 나온 것이다. 천마총 발굴 50주년 기념행사 때 금관의 출토 비화를 윤근일 소장은 이렇게 얘기했다.

발굴하던 해는 가뭄이 극심했어요. 시민들이 왕릉 파서 날이 가

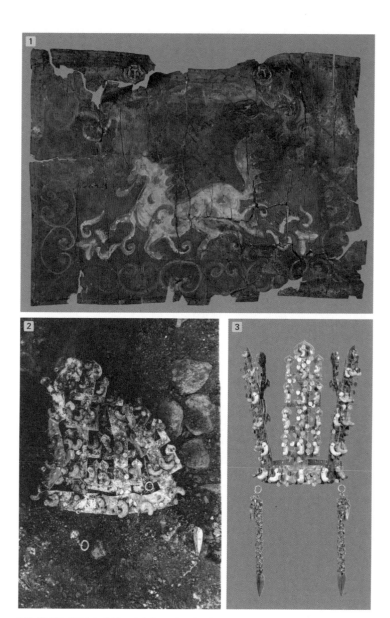

| 천마총 출토 유물 | 1 천마도 말다래 2 발굴 당시 천마총 금관 3 천마총 금관

| **천마총** | 대릉원의 고분들 중 유일하게 내부가 공개된 고분인 만큼 시민과 학생, 어린이의 발길이 끊이지 않는다.

물다고 원망하면서 데모할 정도였지요. 그런데 7월 27일 금관을 들어내는데 갑자기 먹구름이 몰려와 천둥 치고 소낙비가 내려 놀랐지요. (…) 신기했어요.

천마총 금관은 당일 실측조사를 마치고 그날 저녁으로 정재훈 당시 경주사적관리사무소장이 청와대로 가져가 박정희 대통령에게 보였다고 한다.

7월부터 8월까지 두 달 사이에 천마총에서는 엄청난 유물이 출토되었다. 금관, 관모, 금제 허리띠 등 훗날의 국보만 4점이었고, 금제 관식, 목걸이, 유리잔, 환두대도 등 6점은 나중에 보물로

| **천마총 내부** | 1500년이라는 세월이 쌓인 천마총 내부에는 부장품의 정밀 복제품과 발굴 당시의 모습을 재현한 모형을 전시해놓았다.

지정되었다. 부장품의 총수는 1만 1,526점이었다.

그중에서도 자작나무 수피에 천마도를 그린 두 쌍의 말다래는 그 누구도 상상할 수 없었던 유물이었다. 이로 인해 155호분은 천마총이라는 이름을 얻었다. 이 천마도 말다래는 성공적으로 수습되어, 2014년에는 잘 알려진 국보 외에 상태가 좋지 않았던 말다래도 복원하여 2023년 국립경주박물관에서 열린 천마총 발굴 50주년 기념 특별전에서 공개했다.

천마총 발굴은 12월 4일에 마무리되었다. 연인원 3,451명이 동원된 대역사였다. 당시로는 이례적으로 국립영화제작소에서 막대한 비용과 인원을 들여 천마총과 황남대총 발굴의 전 과정을 영상으로 기록했다. 그리고 그다음 해 11월에는 『천마총 발굴조사 보고서』가 발간되었다.

'경주 관광 종합개발계획'에서 98호분의 내부를 공개하고자한 계획은 공개 대상을 155호분으로 바뀌어 봉토의 남쪽 면 절반을 잘라 내부를 관람하도록 해놓았다. 2018년에는 부장품의 정밀 복제품과 터치스크린을 도입해 내부 전시를 첨단적으로 개편했다. 이것이 현재의 천마총이다.

황남대총 북분의 발굴

천마총에서 한창 유물이 수습되던 1973년 8월 6일, 98호분의 발굴도 시작되었다. 표주박형 쌍분 중에 북분부터 발굴에 들어갔는데 천마총에서 경험을 얻어 한결 작업하기 쉬웠지만 워낙에 방대한 규모인지라 작업량이 천마총의 몇 곱절 더했다. 거기에다 뜨거운 햇볕과 시도 때도 없이 내리는 비는 발굴 작업을 수시로 지연시켰다. 이에 가설 건물을 씌우고 고압 전기를 인입시키고, 수많은 조명 시설을 설치하여 야간작업도 가능하게 만들었다.

23미터 높이의 봉분 꼭대기에서 16.5미터 아래로 내려가면서 돌무지가 나타났다. 이 엄청난 양의 적석을 처음에는 인부들이 나란히 도열하여 전달하는 방식으로 날랐는데, 어떤 작업자의 기발한 아이디어로 컨베이어 벨트를 설치하여 안전하고 빠르게 진행할 수 있었다. 그래서 당시 발굴 장면은 큰 광산을 보는 듯했다.

| 98호분(황남대총)의 발굴 | 황남대총 발굴은 1973년 8월 6일에 시작되었다. 천마총 발굴 경험을 토대로 표주박형 쌍분 중 북분부터 발굴에 착수했다.

적석을 제거하자 덧널이 모습을 드러냈는데, 동서 6.8미터, 남북 4.6미터, 높이 4미터가량으로 지하가 아니라 지상에 설치되어 있었다. 적석들은 나무기둥에 의지해 튼실하게 쌓여 있었다. 적석목곽분의 구조에 나무기둥 가설목이 세워졌음을 처음 알게 된 것이다. 덧널 안에 들어 있는 나무널(목관)은 이중으로 되어 있어 바깥 널의 동쪽에는 널과 직교되는 방향으로 나무판자를 깔고 그 위에 껴묻거리들을 놓았다.

나무널 안에서 '학수고대했던' 금관이 나왔다. 그것도 이제까지 발굴된 것 중 가장 아름다운 금관이었다. 금관과 함께 금구슬 목걸이, 금허리띠, 금팔찌, 금반지 등 치렛거리들이 시신의 제 위

| 발굴 과정 | 황남대총의 규모가 거대한 만큼 그 발굴 현장은 마치 큰 광산을 보는 듯했다. 컨베이어 벨트를 설치해 돌무지를 제거하고 나온 덧널과 나무널을 차례로 열어본 결과 화려한 부장품들이 모습을 드러냈다.

치에 착장되어 있었다.

부장곽에서 나온 은허리띠에는 '부인대(夫人帶)'라는 글씨가 새겨 있고 각종 그릇과 쇠솥, 가락바퀴 등이 나와 여성의 무덤인 것을 확실히 알 수 있었다. 그리고 이국풍이 완연한 은잔, 페르시아의 유리잔 등이 출토되어 발굴단을 놀라게 했다.

황남대총 남분의 발굴

남분은 북분과 마찬가지로 지름 30센티미터 내외의 통나무를 가설하고 이를 이용하여 강자갈을 쌓았으며 동·서·북쪽 방면에서는 외부에서 버팀목을 비스듬히 박아 돌무지가 무너지지 않도록 했다. 목관에서 삭아 바스러진 나무 가루들을 제거하자 시신의 머리부터 발끝까지 장신구들이 모습을 드러냈는데 전혀 예기치 않게 금관이 아니라 금동관이 있었다. 당시 발굴단원이었던 최병현 교수는 그때 받은 황당한 충격이 이루 말할 수 없었다고 했다. 밖에서 취재진들에게 금관이 아니라 금동관이라고 발표하자 웅성거렸다고 한다.

당시만 하더라도 왕관은 금관으로 생각되었기 때문에 여성 무덤인 북분에서 금관이 나왔으면 남분에서도 당연히 금관이 나와야 했던 것이다. 이 예기치 않은 사실은 신라 금관의 성격을 규명하는 데 중요한 단서가 되었다.

나무널에서는 60세 전후 남자의 두개골 조각이 발견되었다. 시신에는 금동관과 금허리띠 등이 예상대로 착용되어 있었는데, 널과 덧널 사이에는 순장한 것으로 보이는 20세 전후의 여자 인골도 발굴되었다. 순장의 풍습이 있었다는 것은 알고 있었지만 신라 고분에서 이처럼 인골로 증명된 것은 이것이 처음이다.

껴묻거리를 넣어두는 별도의 공간이 마련되어 새날개모양 관모장식, 환두대도, 금그릇, 은그릇, 유리그릇, 칠기 등이 출토되었다. 딸린덧널 안에서는 도기 1,500점과 철기 300점, 금동안장 등 각종 마구가 출토되었다. 그중 비단벌레 날개로 장식된 금동말안장과 페르시아풍이 역력한 봉수형 유리병과 유리잔은 당시 신라

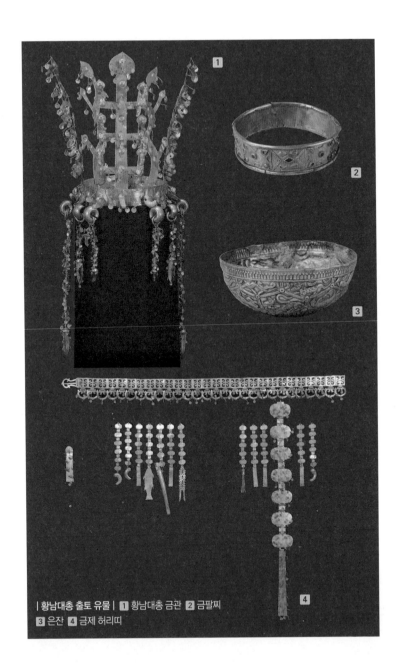

| 황남대총 출토 유물 | 1 황남대총 금관 2 금팔찌
3 은잔 4 금제 허리띠

의 교역 범위가 상상 이상으로 넓었음을 말해주어 발굴단을 놀라게 했다. 황남대총에서 출토된 유물의 숫자는 공식적으로 남분 2만 2,700점, 북분 3만 5,648점으로 약 5만 8천 점이다.

발굴을 마치고 다시 봉토하기 전에 위령제를 지내고 나서 수습된 인골은 정성껏 다시 안장했다. 당시만 해도 보존과학에 대한 인식 높지 않았기 때문이다. 오늘날 유전자 과학이 크게 발전하여 만약 이 인골을 지금 보관하고 있다면 엄청난 정보를 얻었을 것이라는 아쉬움이 남는다. 그러나 죽은 이의 영혼을 위해서는 다시 무덤 속으로 들어가는 것이 편했으리라고 스스로 위로해본다.

천마총과 황남대총의 발굴은 문화재 발굴 조사방법, 신라 고분의 구조, 신라 고고학 편년, 출토 유물의 보존처리 등에서 많은 성과를 거두며 신라 고분 연구의 방향을 제시한 한국 고고학사의 이정표가 되었다. 금관을 비롯한 출토 유물들은 이후 우리나라 고고학, 역사학, 미술사학의 놀라운 발전을 이루는 토대가 되었다. 미국에서 발간되는 세계적인 잡지 『내셔널지오그래픽』(National Geographic) 1975년 9월호에 발굴 사실이 사진과 함께 특집으로 보도되어 한국 고분 발굴을 세계에 알리는 계기가 되기도 했다.

2010년 12월 당시 이영훈 관장의 국립경주박물관은 '신라왕, 왕비와 함께 잠들다'라는 제목으로 황남대총 특별전을 열었는데, 남분과 북분을 구별하여 마치 21세기에 다시 왕릉 속에 출토유물을 부장하듯 전시를 꾸몄다. 그래서 명품 위주의 전시가 아니

| 황남대총 남분 주곽 내부의 유물 출토 상태 | 목관에서 삭아 바스러진 나무 가루들을 제거하자 시신의 머리부터 발끝까지 치장된 장신구들이 모습을 드러냈는데 금관이 아닌 금동관이 출토되어 당황케 하였다.

라 창고에 있는 유물 중 전시가 가능한 유물은 모두 꺼내어 황남대총 유물이 얼마나 화려하고, 다양하고, 아름다운가를 실감나게 보여주었다. 개인적으로 내가 평생 본 전시회 중 가장 감동적인 기획전의 하나로 각인되어 있다.

황금의 나라, 신라

천마총과 황남대총을 비롯한 신라 고분에서 엄청난 양의 금속 공예품이 출토되면서 신라는 명실공히 황금의 나라라는 이미지를 갖게 되었다. 실제로 신라가 황금의 나라라는 증언은 당대부터 있어왔다. 일본의 기록에서 신라를 두고 '눈부신 금과 은의 나라'라고 표현했을 정도였다. 서라벌이 금성(金城)으로 불린 것도 이 때문이라는 학설이 있기도 하다. 9세기 중엽에 나온 이슬람 지역의 기행문인 이븐 코르다드베(Ibn Khordadbeh)의 『도로와 왕국 총람』에는 다음과 같은 말이 나온다.

감숙성(甘肅省)의 맞은편 중국의 맨 끝에 신라라는 산이 많은 나라가 있다. (…) 그곳에는 금이 풍부하다. 이 나라에 와서 이슬람교도들이 영구 정착한 것은 그곳의 이런 이점 때문이라고 한다. 그러나 그 너머에 무엇이 있는지는 아무도 모른다.

실제로 경주 인근에는 사금이 많이 나왔다고 한다. 그리고 금속을 다루는 기술이 뛰어났기 때문에 수많은 순금 공예품이 제작되었다. 비근한 예로 금관총에서 발굴된 금의 총량은 7.5킬로그램이나 된다. 그뿐 아니라 신라는 뛰어난 금속 세공 기술이 있었다. 금속판을 끌이나 톱으로 도려내고 음각으로 무늬를 새기는 투조(透彫) 기법, 판판한 금속판에 일정한 무늬를 망치로 두드려 나타내는 타출(打出) 기법, 옥이나 칠보 같은 보석을 감싸는 감옥(嵌玉) 기법 그리고 고난도 기술인 누금(縷金)세공 기법까지 구사했다.

감옥 기법은 금실이나 금 알갱이로 무늬를 만든 다음 그 안에

| **수많은 부장품들** | 국립경주박물관에 전시되어 있는 황남대총 출토 항아리와 철기들. 이곳을 채운 수많은 부장품들은 황남대총 주인공이 가졌을 지위와 권위를 보여준다.

보석을 끼워 넣는 기법인데 이는 메소포타미아에서 시작된 것으로 알렉산드로스의 동방 원정 이후 헬레니즘 금속공예와 함께 퍼져 중앙아시아를 거쳐 중국을 통해 신라까지 전래된 것이다.

누금세공은 금속 알갱이와 금속 실을 붙이는 기법으로 필리그리(filigree) 기법이라고도 하는데 기원전 3000년경 근동 지방에서 시작되어 이집트, 그리스, 로마의 금속공예에 이용되었고 중국에는 기원 전후 한나라 때 전래된 것으로 알려졌다. 낙랑 고분에서 출토된 화려한 금허리띠 장식은 뛰어난 누금세공 기법을 보여준다.

누금세공을 할 때는 아말감을 이용하여 부착하거나 순간적으

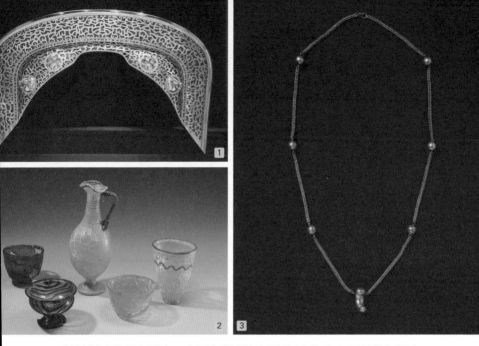

| 황남대총의 화려한 유물들 | 1 비단벌레 장식 금동 말안장 뒷가리개(복원품) 2 봉수형 유리병과 유리잔 3 금목걸이

로 고열을 가하여 물리적으로 부착한다. 예를 들어 가는 금실 끝에 촛불을 대면 돌돌 말려 금 알갱이처럼 되는 현상을 세공에 이용하는 것이다. 그런데 이 기법은 융점을 잘 조절하지 않으면 녹아버리기 때문에 아주 섬세한 기술이 요구된다. 땜질을 하면 자국이 남는 결점이 있어 신라 누금세공은 모두 물리적 융점을 이용했다.

신라에서 금제품이 장신구로 사용되기 시작한 것은 4세기 중엽 마립간 시기부터다. 그리고 마립간 시기가 끝나는 6세기로 넘어가면 신라의 황금문화는 퇴조하여 금관을 비롯한 금속공예품이 앞 시기처럼 제작되지 않는다. 그 때문에 신라의 황금문화는

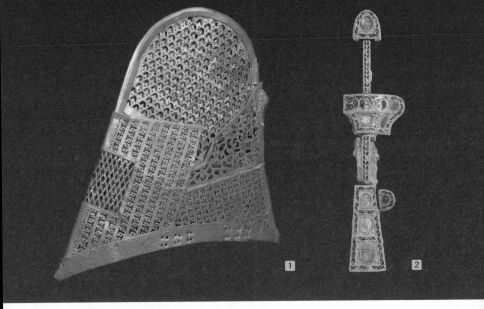

| 황금의 나라, 신라 | 1 천마총 금제 관모 2 장식보검손잡이

대형고분과 함께 350년 무렵부터 500년까지 약 150년간의 마립
간 시기 경주김씨 왕가의 산물로 생각되고 있다.

금관은 무엇인가

신라가 정녕 '황금의 나라'였음을 상징적으로 보여주는 것은
금관이다. 그런데 이 금관의 정체는 아직 규명되지 않았다. 이제
부터 내가 들려주는 금관을 둘러싼 각가지 논의와 추측은, 독자
들에게 인문학적 사고의 진면목을 간접 경험할 수 있는 지적 오
디세이(Odyssey)가 될 것이다.

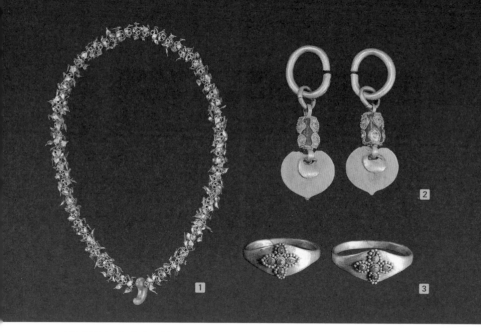

| 뛰어난 금속 세공술의 증거 | [1] 노서리 출토 금목걸이 [2] 황오리 출토 가는고리 금귀걸이 [3] 황남대총 남분 출토 금반지

　신라 금관은 막연히 왕관이라고 생각했지만 발굴 결과 그렇지 않았다. 서봉총과 황남대총 북분은 여성이었고, 금령총은 어린 왕자였고 금관총은 마립간이 아닌 이사지왕이다. 다만 천마총의 금관은 왕관일 개연성이 크다.

　금관은 실제 착용된 것이 아니라 부장용으로 제작된 것이라는 주장도 있다. 『황금의 나라 신라』(김영사 2004)의 저자인 이한상 교수는 경주박물관 학예사로 근무할 때 출토된 금관들을 자세히 보았는데, 여기에 세공 과정에 실수한 곳들이 곳곳에 보여 급히 제작되었다는 생각이 든다고 했다. 굵은고리금귀걸이는 현미경으로 보아도 허점이 없는데 금관에는 그런 솜씨나 정성이 보이지 않

| **고도의 누금세공법** | 경주 보문동 합장묘 출토 금귀걸이를 자세히 살펴보면 금실과 금알갱이로 장식해 누금세공으로 표현한 꽃을 확인할 수 있다.

는다고 했다.

또 금관이 출토될 때 모습은 지금 박물관에서 보는 것처럼 펼쳐져 있는 것이 아니라 얼굴을 덮은 상태로 입식들이 한데 모여 있었기 때문에 마치 데스마스크(death mask)를 한 것처럼 보인다는 주장이 있다. 쉽게 말해서 염한 얼굴을 덮어놓은 모습이라는 것이다. 이에 대해서는 시신의 얼굴이 부식되면서 이마에 있던 관이 턱 쪽까지 쏠렸기 때문이라는 반론도 있다. 어느 견해가 맞든 부장용도 실제 사용된 금관의 모방일 수 있으니 관모로서의 기능이 완전히 부정되지는 않는다.

신라 금관의 기본형은 둥근 테에 나무를 상징하는 출(出)자 모양의 세움장식〔立飾〕 3개를 붙인 것이 기본형이다. 금관이 출토되지 않은 신라 고분에서는 대개 금동관이 출토되었는데, 황남대총 남분에서도 그랬듯 나뭇가지 3개를 세운 모습으로 디자인되어 있다. 경주 외의 신라 영토, 의성·안동·영주·양산 등지에서 출토된 금동관들도 모양은 달라도 모두 3개의 나뭇가지를 모티브로 하고 있다.

그런 중 현재 발굴된 신라 금관 5점은 모두 3가닥의 출자형 나뭇가지 세움장식에서 발전하여 사슴뿔 모양 장식을 양 옆에 붙여 더욱 화려한 모습이다. 그리하여 신라 금관의 상징성은 나무와 사슴뿔을 신앙으로 삼는 것으로 생각하고 있다. 이는 나무와 사슴을 숭배하는 샤먼의 산물이라고 할 수 있는데, 시베리아, 알타이 기마민족의 샤머니즘 전통에서 이런 풍습을 볼 수 있고, 스키타이의 금관에서도 볼 수 있다. 마립간 시기에 갑자기 출현한 돌무지덧널무덤이라는 독특한 무덤형식도 시베리아 알타이 지역에 무수히 산재해 있어 신라인, 특히 경주김씨 왕족들과의 이 지역의 친연성을 생각게 하기도 한다.

그런데 근래에는 사슴뿔 장식까지 나뭇가지로 생각하여 반듯한 맞가지 3개에 구불구불한 엇가지 2개로 보고 금관이 나무만을 상징한다는 주장도 나오고 있다. 독자들의 눈에는 어떻게 비치는지?

신라 금관의 양식 분석

다음은 신라 금관의 편년 문제다. 금관총, 황남대총의 북분, 서

| **금관이란 무엇인가** | 신라 금관은 왕관이라 생각하기 쉽지만 출토될 때 모습(오른쪽, 출토 당시의 서봉총 금관)을 근거로 데스마스크였다는 설도 제기된다. 둥근 테에 나무와 사슴뿔 모양의 세움장식을 붙인 것이 기본형인데 이는 금동관(왼쪽, 복천동 고분군 출토) 또한 마찬가지다.

봉총, 금령총, 천마총 등 현재까지 발굴된 신라 금관은 어느 시기에 제작되었다는 기록이 없다. 그러나 모두가 비슷한 형태를 하고 있어 주의 깊게 살펴보지 않으면 어느 것이 어느 무덤 출토인지 곧바로 가려내지 못할 정도다. 미술사에서는 이를 양식(style)이라고 한다.

'양식사로서 미술사' 방법론에서는 모든 양식에는 탄생과 소멸 과정에 이르는 변화의 리듬이 있다고 보고 이를 편년의 토대로 삼는다. 그것이 도자기이든 불상이든 조각이든 양식의 리듬은 가장 간단한 형태에서 출발하여 절정에 이르면 하나의 정형(typical type)이 만들어지고, 정형이 생긴 다음에는 여러 변주가 일어나면서 화려취미와 장식취미가 강하게 드러나고 나중에는

| 신라 금관의 기원? | 흉노의 영향을 받은 흑해 연안 출토 금관(왼쪽)과 아프가니스탄에서 출토된 스키타이 금관(오른쪽). 나무와 사슴뿔 모양을 본뜬 신라 금관 장식과의 유사성 때문에 신라와 기마 민족의 친연성을 추측하기도 한다. 독자들의 눈에는 어떻게 비치시는지?

긴장미가 떨어지면서 양식으로서 생명력을 잃게 된다는 것이다.

이를 구체적인 예를 들어 설명하자면 그리스 고전미술이 알카익 시대-엄격주의 양식-전기 고전주의-후기 고전주의- 헬레니즘으로 변한 것, 이탈리아 근세미술이 전기(early) 르네상스-전성기(high) 르네상스-매너리즘-바로크의 과장-로코코의 장식성 등으로 진행된 것을 말한다. 우리나라 석탑의 경우 백제 미륵사지 석탑과 정림사지 오층석탑에서 시작하여 통일신라의 웅장한 감은사 삼층석탑, 단아한 불국사 삼층석탑, 조각장식이 들어간 하대신라 구산선문의 삼층석탑, 고려시대의 다층탑 등으로 변해간 것도 양식의 리듬을 말해준다.

이런 양식사적 방법론으로 신라 금관의 편년을 잡으면 어떻

| 1 교동 금관 2 금관총 금관 3 황남대총 금관 |

게 될까? 현재 고분에서 발굴된 신라 금관은 5점이지만, 추가로 '교동 금관'이라는 것이 국립경주박물관에 소장되어 있다. 이는 작고한 최 아무개가 교동 64번지에 세 들어 살면서 1969년부터 3년에 걸쳐 땅굴을 파고 들어가 도굴해낸 것이다. 그는 이 금관과 함께 대도(大刀) 손잡이, 금제완(金製碗), 곡옥 등을 파냈는데 1972년에 발각되어, 국고로 압류되었다.

이 교동 금관은 신라 금관의 전형이 나타나기 전 3개의 세움장식만 있는 간략한 구조로 되어 있는 점이 부산 복천동 고분 출토 금동관과 비슷하여 4세기 중엽 마립간 시기 초기에 만든 것으로 생각되고 있다.

나머지 5점은 비슷비슷하여 의견의 일치를 본 것은 아니지만

| 4 서봉총 금관 5 금령총 금관 6 천마총 금관 |

대체로 신라 금관의 최초 형태는 교동 금관, 전형은 황남대총 북분 금관, 마지막 화려취미는 천마총 금관으로 생각되고 있다. 독자분들도 신라 금관 6개 사진을 가위로 오려놓고 시대순으로 배열하면서 자신의 안목을 길러보기 바란다. 이럴 경우 우선 한 학자의 편년을 기준으로 세워놓고 이리저리 바꿔 놓아보는 것이 유리하다. 상대평가를 많이 해본 이가 절대평가를 잘할 수 있는 법이다. 그 한 예로 이한상 교수의 견해를 소개하면 다음과 같다.

교동 – 황남대총 북분 – 금관총 – 서봉총 – 금령총 – 천마총

이에 대해 나의 견해를 말하라고 한다면 나는 여기에서 금관

총과 황남대총 북분의 자리를 바꿔 놓고 싶다. 금관총 금관이 기본 틀이고 황남대총 북분 금관이 절정이라고 생각하기 때문이다. 물론 순전히 내 개인 소견이다. 다만 독자들의 상상력을 자극하기 위하여 제시해놓을 뿐이다.

대형 고분은 어느 마립간의 무덤인가

대릉원 일원에 일련번호를 부여받은 155기의 고분은 대개 적석목곽분으로 신라 마립간 시기인 4세기 중엽에서 6세기 초에 조성된 것이라는 사실에 모두가 동의하고 있고, 그중 초대형 고분은 마립간의 무덤이라고 생각하면서도 역사학자와 고고학자들은 좀처럼 무엇을 어느 마립간의 무덤으로 비정하는지 명확히 밝히지 않는다. 그것은 절대연대를 알 수 없는 상황에서 학자로서 지녀할 신중함의 미덕이다.

학자들은 저마다 155개 고분 중 내물 - 실성 - 눌지 - 자비 - 소지 - 지증으로 이어지는 6명의 마립간 무덤을 비정하는 심증은 있으나 물증이 없어 마음으로만 생각하고 사석에서는 말하면서 논문으로는 발표하지 않았다. 그러던 중에 1995년 경북대 이희준 교수가 황남대총이 내물마립간의 능일 수 있다는 견해를 발표해 이 침묵을 깼다. 이후 1996년에는 함순섭(현 국립경주박물관장)과 김용성(현 한빛문화재연구원 조사단장)이 이에 대한 반론으로 119호분이 내물왕릉일 수 있다는 견해를 발표했고, 이희준 교

| 내물왕릉 | 현재 인왕동 30호분이 사적 제188호 경주 내물왕릉으로 지정되어 있지만 학자들은 98호분 황남대총이나 119호분이 내물왕릉이라는 학설을 제기하고 있다.

수가 이 반론에 재반론을 제기하면서 대릉원 일원의 왕릉에 대한 논의가 활기를 띠게 되었다.

절대연대를 알 수 없는 가운데 왕릉을 비정하는 기준은 첫째로 크기다. 무덤 155기 중 지름이 약 80미터로 초대형인 황남대총 남분, 노동동의 봉황대, 노서동의 서봉황대 등 3기는 왕릉으로 추정된다. 그런데 마립간은 6명이다. 이 경우 마립간 시기 150년이 흐르는 동안 왕릉의 크기를 축소하려는 경향이 일어났을 가능성이 많기 때문에 지름 약 60미터 되는 천마총, 90호분, 134호분, 119호분 등은 후기의 왕릉으로 생각할 수 있다.

그중 황남대총과 천마총만이 발굴된 상태인데 여기서 출토된 유물 중 토기로 대략 그 시기를 알 수 있다. 또 마구의 형식도 시대별 변화를 보여준다. 여기에 더해 『삼국사기』와 『삼국유사』 등의 기록을 통해 각 마립간 시기의 역사적·문화적 환경을 고려하여 연대를 추정하는 것이다. 학자마다 저마다의 근거와 논리가 있고 또 이에 대한 반론들도 들어보면 그럴듯하여 어느 견해에 손을 들어야 할지 잘 모르겠다.

그러나 그 논지들을 보면 황남대총은 크게 내물마립간이냐 실성마립간이냐 눌지마립간이냐로 압축된다. 그리고 여기에는 역사적으로 내물마립간이 경주김씨로 마립간 시기를 열었고, 눌지마립간이 장자상속으로 진정한 고대국가로 가는 기틀을 마련했으며, 지증은 마립간을 버리고 왕이라는 호칭을 사용한 마지막 마립간이라는 전제가 깔려 있다.

이밖에는 학자마다 견해를 달리하여 대단히 복잡하고 일반인은 그 많은 학설을 다 옳게 알아들을 수도 없다. 이럴 경우는 어느 한 명의 견해에 먼저 의지하고 다른 사상을 참고하면서 자기 견해를 갖는 것이 역사를 공부하는 비결이다. 누구의 견해에 의지할 것인가? 그건 각자가 알아서 선택할 일이지만 나는 여기서 하나의 예로 자신의 견해를 솔직하면서도 명확하게 제시한 최병현 교수의 학설을 소개해두고자 한다.

내물왕릉(대릉원 98호, 황남대총 남분)—실성왕릉(교동 119호)—눌지

왕릉(노동동 125호, 봉황대)─자비왕릉(노서동 130호, 서봉황대)─소지
왕릉(노서동 134호)─지증왕릉(대릉원 155호, 천마총)

  나에겐 최병현 교수의 설을 지지하거나 수정할 별도의 지식이
나 연구가 없다. 다만 하나의 기준이 있으면 이를 수정·보완하는
작업은 수월해지기 때문에 독자들도 이를 염두에 두고 나름대로
수정을 가하면서 각 마립간들의 무덤을 비정해보는 학문적 사고
내지 재미를 느껴보기 바란다.

신라국 지증왕

  대릉원 답사는 마지막 마립간인 지증왕의 무덤으로 추정되는
천마총에서 끝난다. 그는 64세에 왕위에 올라 14년간 나라를 다
스리면서 신라를 진정한 의미의 왕국으로 나아가는 반석 위에 올
려놓은 임금이었다. 그는 농사를 장려하여 이때 처음으로 신라에
서 소를 이용해 밭을 가는 우경(牛耕)이 시작되었고, 주(州), 군(郡),
현(縣) 제도를 정비했으며, 이사부(異斯夫)를 파견하여 우산국(울
릉도)을 정벌했다. 그리고 선왕(소지마립간)의 장례에 남녀 각 5명
씩 순장하는 것을 보고는 이후 순장을 하지 못하게 했다.『삼국사
기』에는 지증마립간 즉위 4년(503)이 되었을 때 군신들이 다음과
같이 건의했다고 기록되어 있다.

시조가 창업한 이래로 국호를 확정하지 않아 혹은 사라(斯羅), 혹은 사로(斯盧), 혹은 신라(新羅)라 부르고 있는데 신(新)은 덕업일신(德業日新, 덕업이 날로 새로워짐)을 뜻하고 라(羅)는 망라사방(網羅四方, 사방으로 망라한다)이라는 뜻이니 국호를 신라로 하는 것이 옳겠나이다. 그리고 국호를 갖게 되면 모두 제(帝) 또는 왕(王)으로 칭하였으니 (…) 신라국왕이라 호칭하기를 삼가 아뢰옵니다.

이에 사로국 지증마립간을 신라국 지증왕으로 부르게 되었다. 신라라는 이름에 '덕업일신 망라사방'이라는 뜻이 들어 있다는 사실이 새삼 신선하게 다가온다.

계림과 숭혜전

이제 대릉원 답사를 마치고 대릉원 뒤편으로 나오면 숲길이 곧장 계림(鷄林)으로 이어진다. 그래서 대릉원 매표소 앞길 이름이 계림로다. 계림은 경주김씨의 시조 김알지(金閼智)의 탄생 설화가 깃든 곳이다. 김알지의 탄생 설화는 『삼국사기』와 『삼국유사』에 비슷한 내용으로 전하는데 『삼국사기』 탈해이사금 9년 조에 다음과 같이 나온다.

| 계림 | 대릉원 답사를 마치고 뒤편으로 나오면 숲길이 곧장 계림으로 이어진다. 경주김씨의 시조 김알지의 탄생 설화가 깃든 곳이다.

| **숭혜전** | 경주김씨 집안의 사당으로 신라 최초의 김씨 임금인 제13대 미추왕과 삼국통일의 대업을 이룩한 제30대 문무대왕, 그리고 신라 마지막 임금인 경순왕의 위패를 모시고 있다.

  봄 3월에 왕이 밤에 금성 서쪽의 시림(始林)의 숲에서 닭 우는 소리를 들었다. 날이 새기를 기다려 호공을 보내어 살펴보게 하였더니, 금빛이 나는 조그만 궤짝이 나뭇가지에 걸려 있고 흰 닭이 그 아래에서 울고 있었다. 호공이 돌아와서 아뢰자, 사람을 시켜 궤짝을 가져와 열어 보았더니 조그만 사내아기가 그 속에 있었는데, 자태와 용모가 매우 뛰어났다.

  왕이 기뻐하며 좌우의 신하들에게 말하기를 "이는 어찌 하늘이 나에게 귀한 아들을 준 것이 아니겠는가?" 하고는 거두어서 길렀다. 성장하자 총명하고 지략이 많았다. 이에 이름을 알지(閼智)라 하고, 금궤짝에서 나왔기 때문에 성을 김(金)이라 하였으며, 시림

| **계림 비각** | 계림의 내력과 경주김씨 시조 김알지의 탄생설화를 적은 비가 놓여 있다.

을 바꾸어 계림(鷄林)이라 이름하고 그것을 나라 이름으로 삼았다.

　이리하여 계림은 한때는 신라의 국호로, 또는 경주의 별칭으로 불려왔다. 그러므로 대릉원 고분 답사의 여운으로 계림이 갖는 의미는 각별하다. 김알지는 경주김씨의 시조이면서 왕위에 오르지는 못했다. 그래서 경주김씨 사당인 숭혜전(崇惠殿)에는 김알지의 위패가 봉안되어 있지 않고 계림세묘(鷄林世廟)에 따로 모셔져 있다.

　숭혜전에는 신라 최초의 김씨 임금인 제13대 미추왕과 삼국 통일의 대업을 이룩한 제30대 문무대왕, 그리고 신라 마지막 임금인 경순왕의 위패를 모셨다. 이 세 분을 여기에 모시게 된 것에는 사연이 있다. 원래 이 사당은 신라 마지막 임금인 경순왕을 기리기 위하여 월성에 지은 사당이었다. 그러다 이 사당이 임진왜란으로 불타고 나서 몇 차례 옮겨졌다가 정조 18년(1794) 지금의 위치에 자리 잡은 것이었다. 그후 고종 24년(1887)에 사당을 크게 짓게 하고 숭혜전이라는 편액을 내리면서 미추왕의 위패를 모시게 했다. 그리고 그 이듬해엔 삼국통일을 완수한 문무대왕의 위패도 같이 모시게 한 것이다.

이 때문에 숭혜전은 경주김씨 집안의 사당이지만 3칸짜리 신문(神門)에 위패를 모신 본전이 제법 크고 영육재(永育齋), 경모재(景慕齋), 제기고(祭器庫) 등 부속 건물이 달려 있는 예사롭지 않은 규모다. 이는 숭혜전 뒤편(북쪽)이 미추왕릉과 연결되어 있어 가을이면 거대한 제사가 베풀어지는 공간이기 때문이다.

숭혜전 앞에는 허름한 기와 돌담에 심히 초라해 보이는 작은 문 너머로 비각이 보이는데 이는 경순왕 신도비다. 아무튼 대릉원과 계림은 경주김씨 답사인 셈이다. 그리고 신라는 박·석·김 3성이 다스린 왕국이 아니라 내물마립간 이후 사실상 김씨 왕조였음이 여기에서 확실히 각인된다.

창강 조속의 〈금궤도〉

경주김씨의 시조 김알지의 탄생설화에 대해 알려주는 자료로는 조선시대 문인화가인 창강(滄江) 조속(趙涑)이 인조의 명을 받

御製

此新羅敬順
王金傅始祖
金閼智之後
仍姓金氏中
得于樹上其
金櫝掛于樹
上其下有白
鷄鳴故見而
取之故金櫝
男子君昔氏
也其後金氏
爲新羅王
來入高麗敬
順謁順
歲乙亥春
令畵三國史
史書判書臣金益熙
奉教書
堂令曰趙涑奉
教摹繪

| 창강 조속 〈금궤도〉 | 비단에 채색, 132.4×48.8cm, 국립중앙박물관 소장.

아 그린 〈금궤도(金櫃圖)〉라는 그림이 있다. 이 그림은 전설의 내용대로 나뭇가지에 황금 궤짝이 걸려 있고 그 아래에 흰 닭이 울고 있는데 시종을 데리고 온 대신(大臣)인 호공(瓠公)이 이를 바라다보는 장면을 그렸다. 이런 서사적 내용을 화폭에 모두 담아내면서도 그림의 구도가 안정적이고 인물 묘사가 아주 정확하며 채색이 곱고 아름다워 가히 한 폭의 명화라 일컬을 만하다. 문인화가인 조속이 이처럼 세필의 그림에도 능했다는 사실이 놀라울 정도다.

그런데 인조가 왜 갑자기 뜬금없이 김알지 전설을 그려오게 했는지에 대해서는 여러 해석이 있다. 이 그림의 상단에는 인조가 지은 어제(御製)가 창주(滄洲) 김익희(金益熙)의 글씨로 다음과 같이 쓰여 있다.

이것은 신라 경순왕(敬順王) 김부(金傅)의 시조가 금궤 안에서 나왔기 때문에 김씨 성을 얻었다는 내용의 고사를 그린 것이다. 금궤는 나무 위에 걸려 있었고, 그 아래에 흰 닭이 울고 있었다. 이것을 보고 가져오니 금궤 안에는 사내아이가 있었고, 석씨(昔氏)의 뒤를 이어 신라의 임금이 되었다. 그 후손인 경순왕은 고려에 귀순했고, 그가 순순히 (고려에) 들어온 것을 가상히 여겨져 경순(敬順)이라는 시호를 내렸다. 을해년 다음 해 봄에 『삼국사』를 보고 그림을 그리도록 명하였다. 이조판서 김익희가 교지를 받들어 쓰고, 장령 조속이 교지를 받들어 그림을 그렸다.

내용인즉 인조가 창강 조속에게 명하여 김알지의 탄생 설화를 그리게 한 그림이라는 것인데, 그냥 김알지의 전설을 그리게 한 것이 아니라 고려에 귀순한 경순왕의 시조가 김알지라는 것이 강조되어 있다. 그리고 간기(刊記)의 표기를 '을해년(1635) 다음 해'라고 하여 병자년(1636)이라고 표기하는 것을 기피한 인상을 준다.

이 때문에 해석이 분분한데, 정묘호란과 병자호란으로 나라가 어지럽게 되자 신라가 망한 역사를 주제로 그림을 그리게 함으로써 사직의 중요성을 강조하기 위해서였다는 해석, 인조가 광해군을 몰아내고 왕위에 올랐기 때문에 재위 기간 내내 끊임없이 정통성 시비에 휘말려 이를 그리게 했다는 견해 등이 나오고 있다(신재근 「국립중앙박물관 소장 금궤도 연구」, 서울대학교 석사학위 논문, 2010).

아직 인조의 속뜻을 명확히 알 수 없는 일이지만 아무튼 인조는 청나라의 위협을 받고 있는 불안하고 심란한 마음을 위로받기 위하여 이 그림을 그리게 하였고, 결국 창강 조속이 그린 이 〈금궤도〉는 17세기 궁중화풍의 청록채색화로, 조선시대 회화사에서 보기 드문 뛰어난 역사기록화로 남게 되었다.

경주향교와 최부잣집

계림에서 나오면 길은 세 갈래가 된다. 하나는 첨성대로 해서

| **경주향교** | 교동에는 향교가 있다. 아니 향교가 있어서 교동이다. 이곳은 원래 신라 신문왕 2년 (682)에 처음 세운 국학이 있던 자리라고 전한다.

시내로 나가는 북쪽 길이고, 하나는 신라의 왕궁터 월성으로 올라가는 동쪽 길이며, 또 하나는 한옥마을이 있는 교동을 거쳐 남천으로 나아가는 남쪽 길이다.

교동에는 경주향교가 있다. 아니, 향교가 있어서 교동이다. 경주 교동이 전국적으로 이름을 얻은 것은 이곳 교촌한옥마을에 전설적인 경주 최부잣집이 있기 때문이다. 신라시대 요석(瑤石)공주가 살던 요석궁 터에 자리 잡은 최부잣집은 노블레스 오블리주(noblesse oblige)로 이름나 있지만 집안에 내려오는 전통 음식으로도 유명하며 이 집의 전통 가양주가 '경주 교동 법주'다.

월정교

교촌마을 남쪽으로는 경주의 남천인 문천이 흐르고 멀리 남산이 내다보인다. 남천에는 월정교라는 대단히 화려한 다리가 근래에 복원되었다. 우리나라에서는 달리 예를 찾아보기 힘든 누각건물이 다리 양쪽에 우뚝하고, 다리 전체가 회랑으로 이어져 있어 잠시 눈이 휘둥그레지며 이게 옛날에도 과연 이랬을까 의아해지기도 한다. 물론 근거는 충분히 있다.

『삼국사기』 경덕왕 19년(760) 조에 "궁의 남쪽 문천에 월정(月精)과 춘양(春陽) 두 다리를 놓았다"라는 기록이 있다. 그러나 오랫동안 강바닥에 폐허로만 남아 있던 것을 발굴조사해보니, 다리 양쪽의 교대(橋臺)와 날개벽, 그리고 양쪽 교대 사이의 강바닥에 주형(舟形) 교각 3개, 그리고 교각 사이에서 불에 탄 목재와 기와 조각 등이 발견되어 다리 상판의 구조는 기와지붕을 가진 누각 모습이었음을 확인했다. 그리고 교량에 사용된 석재 1,469점이 하천 바닥에서 발견되었는데 장마철에 유실될 위험이 커 유물 728점을 이전시키고, 2004년에 국가 사적(제457호)으로 지정했다.

발굴 후 이 다리를 복원할 것인가 아닌가를 놓고 학계의 찬반론이 대단히 치열하게 벌어졌는데 당시 문화재청장으로서 나는 복원 쪽에 많은 힘을 실어주었다. 반대론의 논리는 상부구조를 알 수 없기 때문에 복원이 아니라 새로 짓는 현대식 건물이 된다는 것인데, 그런 식으로 따지면 옛날 목조건물은 하나도 복원할 수 없는 것이다.

중국 무한(武漢, 우한) 장강변에는 황학루(黃鶴樓)라는 5층 누각이 있다. 이 누각은 옛부터 유명했는데, 현대에 들어서 지금 언덕에 새로 세워졌다. 그 1층에는 역대 황학루 모형이 전시되어 있다. 당나라, 송나라, 원나라, 명나라, 청나라 시대 회화에 나오는 황학루를 재현해놓은 것이다. 이를 보면서 나는 원형의 복원에 대해 많은 생각을 하게 되었다. 꼭 이 사례를 따르자는 것은 아니지만 이런 융통성도 필요하다는 생각이다.

결국 월정교는 다리 양쪽의 교대와 날개벽 그리고 4개의 주형 교각으로 이루어진 목조건축 회랑의 다리로 길이 55미터, 높이

| **월정교** | 교촌마을 남쪽에 흐르는 문천에는 월정교라는 다리가 복원되어 있다. 경덕왕 19년(760)년에 놓았다는 기록이 남아 있다.

5미터, 다리 상판의 너비 12미터 정도로 파악되었고, 다만 누각이 단층이냐 중층이냐에 대한 논의가 진지하게 검토되었는데 도성의 안팎을 연결하는 다리인 점을 감안하여 중층으로 결정되었다. 그리하여 천신만고 끝에 2008년부터 10년간의 공사를 마치고 2018년에 완공된 것이다. 누각 양쪽의 현판은 신라시대의 명필 김생(金生)과 최치원(崔致遠)의 글씨를 집자하여 걸었다.

어쩔 수 없이 미술사적 상상력에 의지해 복원한 것이기 때문에 완벽할 수는 없지만 이 월정교가 복원되면서 그동안 문천으로 단절된 월성의 북쪽과 남쪽이 연결되었고, 남쪽 천변 빈 들판이 남산까지 펼쳐져 강바람을 맞으면서 신라의 옛 정취를 맛볼

| **월정교의 세부** | 월정교는 강바닥에 폐허만 남아 있었으나 발굴 결과를 토대로 다리 양쪽의 교대와 날개벽 그리고 4개의 주형 교각으로 이루어진 목조건축물이자 긴 회랑의 다리로 복원되었다.

수 있는 새로운 명소로 다시 태어난 것이다. 특히 월정교는 경주에서도 야경이 아름다운 곳으로 소문이 나서 밤이면 여기서 사진 찍겠다는 젊은이들로 초만원을 이룬다.

그리고 월정교에는 원효(元曉)대사와 요석공주의 사랑 이야기가 서려 있어 답사객의 발걸음을 더욱 즐겁게 한다.

원효대사와 요석공주의 사랑

요석공주는 태종무열왕의 딸인데, 화랑 김흠운과 혼인했으나 그가 백제와의 전투에서 전사하여 과부가 된 이후 딸을 데리고 요석궁에서 살고 있었다. 어느 날 원효가 길거리에서 큰소리로 "수허몰가부 아작지천주(誰許沒柯斧 我斫支天柱)"라고 외쳤다.

누가 자루 없는 도끼를 빌려주지 않겠는가? 내가 하늘 떠받칠 기둥을 깎아주리.

태종무열왕은 그 뜻을 이해하고 원효를 요석공주와 연결시켜 주려고 신하에게 그를 찾아 요석궁으로 데려가라고 했다. 신하는 문천 다리를 지나는 원효를 발견하고서 다리 아래로 밀어 물에 빠뜨리고는 젖은 옷을 말려준다는 구실로 요석궁으로 데려갔다 (혹은 원효가 일부러 직접 뛰어내렸다고도 한다).

옷을 말리러 요석궁으로 들어간 원효는 결국 사흘간 머물면서 요석공주와 열렬한 사랑을 나누게 되었다. 그때 원효는 나이 마흔 전후이고 요석공주는 20대의 청상과부였을 것으로 추정된다. 그렇게 해서 태어난 아들이 설총(薛聰)이고 그렇게 파계한 원효는 더욱 낮은 곳으로 내려가 민중 속에서 불교를 설파하며 무애(無碍)의 경지로 나아갔다.

고청 윤경렬 선생님

월정교를 건너 물길 따라 동쪽으로 뻗은 길로 굴다리 지나 약

1.5킬로미터를 가면 '신라의 얼과 결'로 불리는 고청(古靑) 윤경렬(尹京烈, 1916~99) 선생이 사시던 집이 있다. 선생을 생각하면 흰 두루마기에 흰 고무신을 신고 백발을 휘날리며 어린이들의 손을 잡고 황남동 고분군을 걸어가는 모습이 선하게 떠오른다. 선생님은 '하늘도 내 교실, 땅도 내 교실'이라며 학생들을 이끌고 신라 유적지를 안내하면서, 경주는 땅속 어디에나 유물이 있어 깨지지 않도록 해야 한다며 항시 고무신을 신고 다녔다.

윤경렬 선생은 함경북도 주을 출생으로 일본으로 유학하여 인형 연구소에서 수업하고 1943년 개성에서 '고려인형사'를 열었다. 이때 개성박물관장으로 있던 우현 고유섭 선생의 권유로 경주에 내려와 해방 후 1949년엔 한국풍속인형연구소 '고청사(古靑舍)'를 설립했다.

한국전쟁이 끝나고 1954년에는 개성 시절부터 친분이 있던 진홍섭 선생이 경주박물관장으로 부임해 내려오면서 가까이 지내며 함께 경주어린이박물관학교를 개설했고, 1956년에는 신라문화동인회를 창립하고 이끌었다.

1959년 이후 근화여자중·고등학교 미술교사로 재직하면서 신라문화원, 경주남산연구소 등 단체 활동과 저술, 신라문화사 탐구, 경주 남산의 학술연구와 보존에 적극 나서며 경주의 문화예술 발전 및 기반 확장에 혁혁한 공적을 남겼다. 저서로『불교 동화집』(1965),『신라 이야기』(전2권, 1981),『경주 남산』(1989),『겨레의 땅 부처님의 땅』(1993) 등을 남겼다.

| **고청 윤경렬** | 윤경렬 선생님은 '하늘도 내 교실, 땅도 내 교실'이라며 학생들을 이끌고 신라 유적지를 안내했다. 내가 부여에서 봄가을로 문화유산 답사를 인솔하는 것은 윤경렬 선생의 그 마음을 본받은 결과다.

지난해(2022) 12월, 선생이 생전에 살던 인왕동 고택이 '고청 윤경렬 선생 기념관'으로 재탄생했다. 나도 선생을 존경하여 몇 차례 만나 뵈었고, 선생도 내가 문화재와 함께 사는 것을 기특하게 생각하여 신라문화원에 강사로 초청해주곤 했다. 내가 10년 전부터 부여에서 봄가을로 문화유산 답사를 인솔하는 것은 윤경렬 선생의 그 마음을 본받은 것이다. 선생이 펴낸 자서전의 이름은 『마지막 신라인 윤경렬』(1997)이다.

고청 기념관을 나와 다시 길 따라 북쪽으로 걸어 나오면 국립경주박물관이 나오고, 그 맞은편에는 한동안 안압지라고 불린 월지가 있고, 왼쪽으로는 오랫동안 반월성이라고 불려온 월성이 있다. 어느 쪽으로 가든 서라벌 역사의 향기는 계속된다.

비
화
가
야

미완의 왕국,
가야가 남긴 유산

가야의 역사와 고분군

가야는 1세기 전후부터 6세기 중엽까지 우리나라 고대국가 형성기에 낙동강 유역에서 독자적인 문화를 갖고 있던 미완의 왕국이다. 가야는 문헌에 따라 가야(加耶, 伽耶, 伽倻), 가라(加羅), 가락(駕洛), 임나(任那) 등 여러 명칭으로 나오는데 변한의 12개 소국 중 김해의 가락국(駕洛國)이 맹주로 등장하면서 느슨한 연맹체제로 개편되기 시작하여 300년 무렵에는 김해 금관(金官)가야, 함안 아라(阿羅)가야, 고령 대(大)가야, 고성 소(小)가야, 상주 고령(古寧)가야, 성주 성산(星山)가야 등 6가야로 퍼져 있었다. 우리가 삼국시대라고 부르는 시기는 사실상 삼국에 가야까지 더한 사국시대였다.

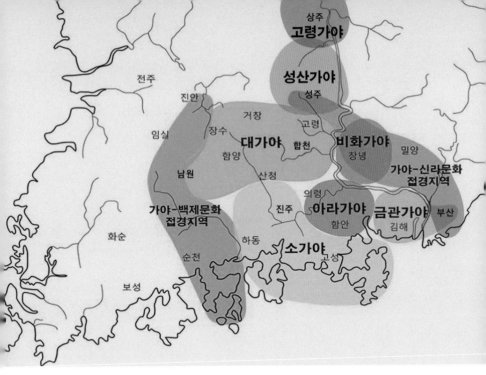

| 6가야 | 300년 무렵 가야는 김해 금관가야, 함안 아라가야, 고령 대가야, 고성 소가야, 상주 고령가야, 성주 성산가야 등 6가야로 편성되었고 비화가야는 가야 지역에 웅거했던 여러 세력 중 하나였다.

그러나 가야는 끝내 고대국가로 성장하지 못하고 신라에 병합되면서 역사에서 사라졌다. 가야는 스스로의 역사를 기록으로 남긴 것이 없다. 그리고 『삼국사기』에는 가야의 역사가 기술되지 않았다. 역사가로서 김부식의 중대한 실책은 가야와 발해의 역사를 기술하지 않은 것이다.

고려 문종(재위 1046~83) 때 지금의 김해 지역인 금관주(金官州)의 지사(知事)를 지낸 문인이 저술한 『가락국기(駕洛國記)』가 있었다고 하나 전하지 않고, 그 일부가 『삼국유사』에 간략히 발췌되어 있는데 내용이 아주 소략한데다 역사적 사실과 맞지 않는 전설적인 이야기들이어서 가야사를 복원하는 데 많은 어려움이 있다.

게다가 가야 멸망 150여 년 뒤에 편찬된 『일본서기』에서는 일본의 역사를 미화시키기 위해 왜곡, 과장한 부분이 많아 가야사의 상처가 되고 있다. 특히 일제강점기 어용사가들은 『일본서기』에서 "신공황후가 보낸 왜군이 369년 한반도에 건너와 7국(國)과 4읍(邑)을 점령했고, 그 뒤 임나(任那, 미마나)에 일본부가 설치되었다"고 한 기사를 근거로 임나일본부설을 주장하며 식민지배에 역사적 정당성을 부여했다. 오늘날 대부분의 일본학자들은 이 임나일본부설을 부정하고 있지만 극우계에서는 여전히 이를 주장하고 있어 그 후유증이 아직도 가시지 않고 있다.

가야 고분군의 유네스코 세계유산 등재

가야의 역사에 대한 문헌상의 자료는 이처럼 아주 빈약하지만 가야가 남긴 죽음의 문화인 고분은 6가야 전 지역은 물론 기록에 보이지 않는 곳까지 널리 퍼져 있어 역사적 실체를 증언해주고 있으며 이 고분에서 출토된 유물들은 가야 문화의 정체성을 확실히 말해주고 있다. 이는 한국사뿐 아니라 동아시아 역사 전체로 볼 때에도 각별한 의의를 지닌다. 그리하여 올해(2023) 9월, 사우디아라비아 리야드에서 열린 제45차 유네스코 세계유산위원회에서 가야 고분군 7곳이 세계유산으로 등재되었다.

경남 김해 대성동 고분군

경남 함안 말이산 고분군

경남 고성 송학동 고분군

경남 창녕 교동·송현동 고분군

경남 합천 옥전 고분군

경북 고령 지산동 고분군

전북 남원 유곡리·두락리 고분군

이때 유네스코 세계유산위원회 자문기구인 국제기념물유적협의회(ICOMOS)가 현지 실사를 거쳐 '등재 권고'라는 의견을 낸 요지는 다음과 같다.

가야는 1세기 무렵부터 562년까지 한반도 남부에서 번성한 작은 나라들의 연합체로, 여러 가야 고분군은 주변국과 자율적이고 수평적인 독특한 체계를 유지하며 동아시아 고대 문명의 다양성을 보여주는 중요한 증거가 된다는 점에서 탁월한 보편적 가치가 인정된다.

이것이 가야문화의 정체성이다. 가야의 고분군은 세계유산에 등재된 곳 외에도 부산 복천동 고분군, 성주 성산동 고분군, 그리고 전칭 가야 왕릉으로 상주 함창읍의 전(傳) 고령가야 왕릉, 산청의 전 구형왕릉 등이 있지만 유네스코 세계유산 등재의 3대 원

| 가야의 고분군 | 1 김해 대성동 고분군 2 함안 말이산 고분군 3 고성 송학동 고분군 4 합천 옥전 고분군 5 고령 지산동 고분군 6 남원 유곡리·두락리 고분군

칙, 즉 고유 가치, 보존 실태, 보존 의지 등을 충족시킨 7곳이 '연속유산'으로 등재된 것이다. 연속유산이란 조선 왕릉처럼 지리적으로 인접하지는 않았으나 같은 역사적 의미를 지닌 유산을 말한다. 이로써 한국은 총 16건(문화유산 14건, 자연유산 2곳)의 세계유산을 보유하게 됐다.

이제 국토박물관 순례 가야시대 답사를 시작하면서 먼저 6가야 중 비화가야의 옛 터인 창녕 교동·송현동 고분군으로 떠난다.

우포늪

우리는 비화가야의 옛 터를 찾아 창녕을 답사하지만 창녕의 명소는 무엇보다도 우리나라 최대의 자연 습지인 우포늪(천연기념물 제524호)이다. 우포늪은 둘레 7.5킬로미터, 전체 면적은 340만 제곱미터로 3개 면에 걸쳐 있다. 이곳에 습지가 처음 형성되기 시작한 것은 약 1억 4,000만 년 전 공룡이 살았던 중생대 백악기다. 당시에 해수면이 급격히 상승하면서 낙동강 유역의 지반이 내려앉아 낙동강으로 흘러들던 물이 고이게 되면서 곳곳에 습지와 자연 호수가 생겨난 것으로 생각되고 있다. 우포늪에는 공룡 발자국화석도 남아 있다.

우포늪은 장마철에는 수심이 5미터에 이르기도 하지만 평소에는 1~2미터를 유지한다. 늪의 바닥이 두꺼워서 '생태계의 고문서'라 불리는 우리나라의 대표적인 습지로, 2008년에는 환경 올

| **우포늪** | 창녕의 명소는 단연 우리나라 최대의 자연 습지인 우포늪이다. 우포늪은 둘레 7.5킬로미터, 전체 면적은 340만 제곱미터로 3개 면에 걸쳐져 있다.

림픽 격인 람사르 총회가 여기서 열렸고 2018년에 처음으로 람사르 습지도시를 선정할 때 습지도시로 인정받았다.

현재 우포늪 일대에는 800여 종의 식물이 분포하며, 건강한 수생 생태계를 갖추고 있어 어류는 붕어, 잉어, 가물치, 피라미 등 28종이 서식하고 있고, 조류는 논병아리 등 텃새와 천연기념물인 노랑부리저어새, 큰고니를 비롯하여 청둥오리, 쇠오리, 기러기 등 약 200종이 있다. 1970년대 이후 국내에서 멸종된 따오기를 중국에서 4마리 데려와 복원사업을 진행하여 현재 359마리를 자연 복귀 시키는 데 성공하기도 했다. 우포늪은 실로 '살아 있는 자연사박물관'이라고 할 만하다.

비봉리 패총

창녕의 가야시대 이전 선사시대 유적지로는 비봉리 패총이 유명하다. 이 패총은 2003년 태풍 매미로 붕괴된 배수시설을 복구하는 과정에 발견된 신석기시대 유적이다. 여기에서는 패총과 함께 빗살무늬토기, 무문토기 등 각종 토기가 출토되었고, 저장공(貯藏孔)에서 도토리, 가래, 솔방울 등 식물과 잉어, 멧돼지 등 동물 뼈가 나와 2007년 국가 사적 제486호로 지정되었다.

비봉리 패총은 무엇보다도 내륙에 남아 있는 유일한 조개더미일 뿐 아니라, 신석기시대 모든 기간의 유물이 층위별로 나타나 각 층에서 출토된 토기를 중심으로 유적의 연대를 설정하기 좋은 귀중한 신석기시대 유적이다.

특히 여기서는 소나무를 유(U)자형으로 파내어 만든 통배(丸木舟)가 출토되었는데, 이는 한반도에서 발견된 가장 오래된 배다. 이것과 함께 출토된 망태기는 두 가닥의 날줄로 씨줄을 꼬는 '꼬아뜨기 기법'으로 만들어져 있어 신석기시대의 편물(編物) 기술을 알려준다. 여기서 출토된 도토리, 목재, 조개껍데기 등에서 채취한 시료를 가속질량분석기(AMS)로 측정한 결과 시기가 7,700년 전부터 3,500년 전에 이르는 것으로 나타났다.

| **비봉리 패총 나무 배 출토 현장** | 비봉리 패총에서는 소나무를 U자형으로 파내어 만든 통배가 출토되었는데, 한반도에서 발견된 배 중에서 가장 오래된 것이다.

교동 · 송현동 고분군

창녕은 낙동강과 화왕산이 감싸 안은 넓은 들판에 위치한 고을이다. 행정구역은 경상남도에 속하지만 생활권은 대구와 가깝다. 6가야로 지목된 곳들은 모두 낙동강 서쪽인데 창녕의 비화가야만은 낙동강 동쪽에 있다. 그리고 창녕에는 아직도 철도가 지나가지 않는다.

대구와 마산을 잇는 구마고속도로가 창녕 땅에 이르면 들판은 낙동강 줄기를 따라 점점 넓게 펼쳐지고, 건너편 화왕산 긴 자락

| **창녕 교동·송현동 고분군** | 5~6세기에 축조된 비화가야 지배층의 고분군으로 잃어버린 왕국의 애틋한 서정이 느껴지는 곳이다.

은 점점 꼬리를 낮추며 길게 뻗어간다. 그래서 이곳을 지날 때면 거기에 내려 쉬어가고 싶은 마음보다 마냥 달리고 싶은 충동을 느끼게 된다. 창녕의 들판에는 그런 기상이 어려 있다.

비화가야의 '비화'는 '빛들' 또는 '빛이 좋은 들'이라는 뜻으로 비사벌이라고도 부른다. 비스듬한 기울기를 갖고 있는 창녕 비사

벌은 과연 빛이 좋은 들판이다.

　창녕 읍내에 들어서면 바로 북쪽 교동 화왕산 자락에 약 200기의 가야시대 고분이 무리 지어 있다. 여기가 교동 고분군 이다. 교동 고분군은 창녕에서 밀양으로 가는 24번 국도에 의해 동서로 반이 갈라져 있다. 이 때문에 유네스코 세계유산위원회는

교동 고분군을 갈라놓은 도로가 유적지에 주는 피해를 최소화할
수 있는 방안을 강구하라는 권고안을 내놓았다.

그리고 교동 고분군에서 저 멀리 내다보이는 목마산 남쪽 기
슭에 30여 기의 고분이 분포되어 있다. 그곳이 송현동 고분군이
다. 2021년의 조사보고서에 의하면 이곳에는 봉토분이 101기,
봉토가 유실되거나 없는 분묘가 116기 있고, 그밖에 87기가 일
제강점기와 2000년대 조사에서 확인되었으나 현재는 봉분이 남
아 있지 않다. 이 교동 고분군과 송현동 고분군은 각기 따로 국가
사적으로 지정되었었는데, 2011년 통합되어 '창녕 교동과 송현
동 고분군'(사적 제514호)으로 재지정되었다.

이들 고분은 5~6세기에 축조된 비화가야 지배층의 무덤이다.
비화가야는 삼한시대에는 진한의 불사국(不斯國)이 자리 잡았던
곳으로 생각되는데 비화가야가 성장하면서 고분이 창녕 읍내의
교동과 송현동 외에 퇴천리의 거울내 고분군, 계성면 사리 고분
군, 영산면 죽사리 고분군, 부곡면 거문리 고분군 등 거의 면 단
위마다 만들어졌다.

가야 고분의 애잔한 서정

가야의 고분군들은 모두 산등성을 타고 올라앉아 있다. 그 때
문에 가야의 고분군은 멀리서 바라보면 겹쳐진 능선들이 아름다
운 곡선을 그리며 이어져 고분 사이를 걸어가자면 역사의 체취를

느끼는 편안한 산책길이 된다.

교동·송현동 고분군은 아무런 내력을 모르고 보아도 그 자체로 신비롭고 아름답고 사랑스럽다. 그러나 이곳이 잃어버린 왕국 비화가야의 유적임을 떠올리면 그 아름다움이 애틋한 서정으로 바뀌면서 마치 눈망울이 젖은 미인의 애잔한 얼굴 같기도 하고, 수능시험 잘못 본 아들을 둔 엄마의 수심 어린 분위기 같은 것이 느껴지기도 한다.

특히 9월 말부터 10월 초 석양 무렵에 여기에 오면 저무는 햇살이 조용히 내려앉으며 옛 고을 창녕 읍내가 더더욱 고즈넉해 보인다. 교동 고분군 한쪽에서는 아무렇게나 자란 억새가 불어오는 바람에 온몸을 내맡기며 은회색 밝은 빛을 남김없이 쏟아낸다.

삼국과 가야는 제각기 다른 고분군을 남겼다. 같은 죽음의 공간이건만 그 정서 표현은 다 다르다. 만주 집안에 있는 고구려 돌무지무덤에는 굳센 기상이 넘쳐흐른다. 공주 송산리와 부여 능산리의 백제 고분에는 단아한 아름다움이 있다. 경주 대릉원의 신라 고분에는 화려함이 있다. 이에 비해 가야 고분군에서는 뭐랄까 아련한 그리움의 감정이 일어난다. 김지하 시인은 「옛 가야에 와서」에서 이렇게 읊었다.

햇빛
외로운가
무덤 속의 사람아 (…)

도쿄박물관 오구라 컬렉션

교동 고분군 앞에는 창녕박물관이 있어 이 고분에 대한 역사학적·고고학적 설명과 아울러 출토 유물을 전시하고 있다. 그러나 전시장 한쪽에는 일본으로 유출된 유물들의 복제품 진열장이 따로 설치되어 있다.

교동 고분군은 1917년 일본인 학자 이마니시 류에 의해 처음으로 조사되었다. 고분 수십여 기가 분포하는 것이 총독부에서 발간한 『고적조사보고』에 나와 있다. 야쓰이 세이이쓰 역시 이곳에서 9개의 고분을 2년에 걸쳐 발굴했다. 그러고는 출토 유물을 마차 20대와 화차(貨車) 2대에 싣고 갔다고 한다(화차는 기록에 따라 트럭 혹은 화물 기차라고 하는데 정확히 확인하지 못했다).

교동 고분군에서 가장 규모가 큰 7호분과 송현동 89호분, 91호분에서는 금동관, 곡옥, 각종 마구 등이 대량으로 발굴된 것으로 알려져 있다. 그런데 이 유물들은 대부분 일본으로 건너가 지금 일본 도쿄국립박물관 오구라 컬렉션에 전시돼 있다.

오구라 다케노스케는 대구에 살면서 경주와 경상도 일대의 고미술품을 긁어모으듯이 구입했다. 특히 창녕 교동 출토 유물은 거의 다 손에 넣었다. 1982년 도쿄박물관에서 펴낸 전시 도록에 의하면 금동관·금동새날개모양관식·금팔찌·금동신발·환두대도 등 8점에 대해서는 '전(傳) 경상남도 창녕 출토'라고 명확히 기록돼 있다.

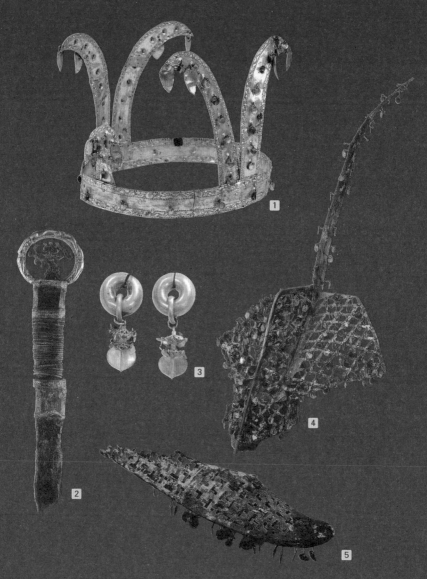

| 비화가야 유물들 | 1 창녕 교동 고분군 출토 금관 2 전 창녕 출토 환두대도 3 굵은고리 금귀걸이 4 전 창녕 출토 금동관모 5 전 창녕 출토 금동신발. 안타깝게도 금관을 제외한 나머지 유물들은 도쿄국립박물관에 소장되어 있다.

해방이 되자 그는 이 수집품들을 거의 다 들고 일본으로 돌아 갔다. 그가 가져가지 못한 문화재는 그의 대구 저택 정원에 있던 고려시대의 빼어난 승탑 2점(보물 제135호, 258호) 정도였다. 이 승탑들은 지금 경북대 박물관 옥외 전시장에 있다.

1958년, 89세던 오구라는 한반도에서 가져간 우리 문화재 를 관리할 재단법인 '오구라컬렉션보존회'를 설립하고 1964년 95세로 죽을 때까지 재단 이사장 자리에 있었다. 앞서 설명한 대 로 1965년 한일협정 때 이 오구라 컬렉션의 반환 문제가 제기되 었으나 거부되었다. 1981년 오구라컬렉션보존회는 이 문화재들 을 도쿄박물관에 모두 기증하고 해산했다.

오구라 컬렉션은 1,110건으로 양과 질 모두 엄청나다. 도쿄박 물관 소장 한국 문화재의 3분의 1이 오구라 컬렉션이라고 한다. 이 가운데는 이미 일본의 중요문화재(우리의 보물에 해당)로 지정 된 것이 8점, 중요미술품이 31점에 이른다(일본은 외국 유물도 국가 가 문화재로 지정한다).

도쿄박물관은 1982년 오구라 컬렉션 전시회를 가졌는데, 그 도록에는 '한반도 미술품·고고 자료의 일대(一大) 컬렉션'이라는 찬사로 가득했다. 오구라컬렉션보존회는 기증의 말에서 이 수집 품으로 고대사를 밝히는 데 도움이 되고자 했다고 말하면서 미안 한 마음의 표시는 어디에도 하지 않았다. 오구라의 법적인 잘못 을 따지는 것은 별도로 해두더라도, 학술적 입장에서 그가 크게 잘못한 것은 장물아비였다는 사실을 숨기기 위해 구입 경위와 출토 장소에 대해 끝내 입을 다물었다는 점이다.

오구라 컬렉션은 너무나 중요해 국내에서 두 차례에 걸쳐 『해외소재문화재조사서』시리즈 도록으로 발간된 바 있는데, 이 도록과 도쿄박물관 전시실에서는 그나마 알려져 있던 출토지조차 모호하게 기록하고 있다.

가야 소녀 '송현이'

송현동 고분은 2001년 경남문화재연구원에 의해 지표조사가 실시되어 21기의 고분이 분포하고 있는 것이 확인되면서 2004년부터 국립창원문화재연구소(현 국립가야문화재연구소)가 2006년 3월까지 3차에 걸쳐서 330일간 발굴을 실시해 많은 고고학적 성과를 거두었다.

특히 7호분에서는 토기, 마구, 무구 등 280여 점의 유물과 함께 배 모양의 목관이 출토되었는데, 그 관재가 녹나무여서 큰 주목을 받았다. 박상진 교수에 따르면 녹나무는 일본이 주산지로 배와 불상을 만드는 재료로 많이 사용되었고, 당시 우리나라 남해안에서는 이렇게 큰 녹나무가 자랄 수 없었다고 한다. 따라서 일본 학계에서는 일본의 녹나무와 가야의 철이 교역된 것으로 보는 견해가 나오기도 했다.

7호분 발굴이 끝나고 2006년부터 주변 고분을 조사하던 중 이미 도굴된 흔적이 있는 15호분에서는 순장된 4구의 시신이 나

| 송현동 고분군의 발굴현장 | 7호분에서는 280여 점의 유물과 함께 배 모양의 목관(오른쪽)이 출토되었고 근처의 15호분에서는 뼈가 완전히 남아 있는 소녀 송현이의 시신이 발견되었다.

란히 놓여 있는 것이 확인되었다. 15호분은 지름 22미터, 둘레 65미터, 봉분 높이가 4.4미터의 원형 봉토분이었고 석실 규모는 길이 8.6미터, 너비 1.7미터, 높이 2.3미터의 중형 고분이었다.

시신 세 구는 도굴꾼이 밟고 지나갔지만 맨 위쪽에 놓인 시신 한 구는 뼈가 완전히 남아 있었다. 이에 유전학, 형질인류학, 해부학 전문가들을 초빙해 시신을 수습한 결과 아이를 낳은 적이 없는 16세 여인으로 키가 153.5센티미터임을 밝혀냈다. 국립문화재연구소는 2008년 이 여인의 뼈를 정밀 조사하여 실물을 복원하고 그 이름을 '송현이'라 명명한 뒤 세상에 공개했다.

| **교동 1지구 7호분 단층** | 발굴 현장을 보여주기 위하여 교동 고분군 1지구 7호분의 단층을 재현해 놓은 모습이다.

송현이는 쌀과 보리, 콩과 견과류 등 식물류를 주로 섭취했는데 영양 상태가 좋은 편이 아니었다고 한다. 송현이 머리의 수직 길이는 19.3센티미터로 8등신이며, 허리둘레는 21.5인치(54.5센티미터)로 현대 만 16세 여성의 평균 허리둘레 26.2인치보다 5인치가량 가는 '개미허리'였다.

이리하여 우리는 1,500년 전 가야 소녀를 만나게 되었는데, 그 인상을 보면서 모두들 이 소녀의 모습에 어딘지 우수의 빛이 어려 있다고 하면서 가야의 역사적 운명을 상징해주는 듯하다고 말했다.

| **1500년만에 문을 연 교동 63호분** | 2019년 11월 28일 63호분의 뚜껑돌을 들어올리는 작업현장이다. 63호분은 도굴꾼의 피해를 전혀 입지 않은 깨끗한 상태로 모습을 드러냈다.

교동 고분군 63호분

국립가야문화재연구소는 지난 2014~15년의 조사에서 창녕 지역의 5세기 중반경 봉토분 9기, 석곽묘(돌덧널무덤) 15기 등 총 24기의 고분을 조사했는데, 2019년 11월에는 이 중 도굴꾼의 피해가 전혀 없었던 교동 63호 무덤에서 매장주체부에 덮여 있는 뚜껑돌을 들어 올리는 모습을 공개했다.

무덤 위에는 길이 2미터의 편평한 뚜껑돌 7매가 얹혀 있었고, 점질토로 밀봉된 상태였으며, 매장주체부 내부에는 시신과 부장품을 매장한 모습이 고스란히 드러나 비화가야인의 장송 의례와

| 63호분 출토 금동관 | 그간 가야의 금동관은 신라의 하사품으로 추정되었으나 이 금동관의 발견으로 창녕의 가내 수공업 집단이 자체 제작했을 가능성이 새롭게 제기됐다.

고분 축조기술을 온전히 보여주었다. 피장자의 목재관은 모두 삭아서 형체를 알아볼 수 없게 되었지만 얼굴 부위에서 금동관이 출토되어 비화가야 최고위 지배층의 무덤임을 확인할 수 있었다.

국립가야문화재연구소는 국립문화재연구원 산하 문화재보존과학센터와 함께 지난 2020년 10월에 63호분에서 출토된 금동관을 분석한 결과를 공개했다. 63호분에서 나온 금동관은 높이가 약 22센티미터, 둘레가 47센티미터 이상 되는 크기로, 맨 아래에 너비 약 3센티미터의 관테가 있고 그 위에 3단의 나뭇가지 모양 장식 3개를 세웠으며 금속을 수은과 결합해 물체에 바른 뒤

| 62호분 출토 창녕식 토기 | 팔(八)자형 토기와 엇갈린 문양의 굽 구멍은 전형적인 창녕식 토기의
특징이다.

수은을 증발시켜 도금하는 기법을 활용해 구리 표면을 도금한 것
이었다.

　그리고 관테 아래에는 길게 늘어뜨린 장식이 있는데, 여기에
부착된 반구형 장식과 원통형 장식은 직물로 추정되는 것을 꼬아
서 연결한 것이고, 금동관 안쪽에서는 고대에 사용한 경금(經錦)
이 확인됐다고 했다. 경금은 날실에 색실을 써 이중 조직으로 짠
견직물을 말한다. 우리나라에서는 경주 천마총, 익산 미륵사지
석탑 등에서 발견된 바 있는데 두께감과 광택으로 금관의 장식성
을 강조한 것이다. 결론적으로 이 경금은 금동관 안에 받쳐 쓰는
고깔 모양 모자로 추정된다고 한다.

연구자들은 교동 고분군 금동관이 신라 금동관과 비교할 때 도금층이 얇고 표면 색상도 일정하지 않아 창녕 지역에서 자체적으로 만들어졌을 가능성이 높다고 보았다. 그동안 가야의 금동관은 신라에서 만들어 하사해준 것이라고 생각해왔지만 창녕 내 수공업 집단이 금동관을 자체 제작했을 가능성도 있는 것으로 볼 수 있다고 했다. 특히 여기서는 많은 토기와 함께 순장자로 추정되는 인골이 수습되어 피장자의 위세와 권위가 만만치 않았음을 말해주고 있다. 국립가야문화재연구소에서는 이 창녕 교동 63호 무덤의 발굴 현장을 생생히 소개하는 동영상을 제작하여 누구나 유튜브에서 볼 수 있게 제공하고 있다. 한편, 63호분 바로 곁에 있는 62호분에서는 아름다운 각종 가야 토기가 출토되었다.

진흥왕 척경비

답사가 아니라도 창녕에는 알게 모르게 볼거리가 많다. 앞서 언급했듯이 내륙에서 가장 넓은 습지로 람사르 총회가 열린 우포늪도 있고, 억새밭으로 유명한 화왕산도 창녕이며, 한 시절 온천으로 유명했던 부곡하와이도 창녕이다. 거기에다 창녕에는 뛰어난 문화유산이 의외로 많다. 내가 문화유산답사회 제자들과 『답사여행의 길잡이』를 펴낼 때 경남편 필자였던 박종분은 편집 계획서를 갖고 와 처음 하는 말이 "창녕에 웬 문화유산이 그렇게 많아요? 국보·보물·사적만 해도 20개나 돼요. 분량 배정부터 달리

| **창녕 신라 진흥왕 척경비** | 둥글넓적한 자연석에 글자도 잘 보이지 않아 미적으로는 별 감흥이 없으나 건립 시기가 명확하게 기록되어 있고 역사적 가치와 상징성이 있는 국보다.

해야겠어요."였다. 그리고 몇 달 뒤 만들어온 원고를 펴보니 경남 편 제1장을 창녕으로 삼고, 그 제목을 '불뫼 아래 꽃핀 제2의 경주'라고 했다. 이것은 결코 과장이 아니다.

비화가야가 멸망하고 신라로 편입되는 과정을 증명하는 문화유산으로, 의무교육을 받은 사람이면 누구나 알고 있는 진흥왕 척경비(국보 제33호)가 창녕에 있어 여기 오면 누구나 먼저 이 유물을 보고 싶어한다. 그래서 창녕에 답사 오면 대개 읍내에서 점심을 하고 산책 삼아 진흥왕 척경비가 있는 만옥정공원으로 간다. 사실 가봤자 가로세로 175센티미터에 두께 30센티미터 되는

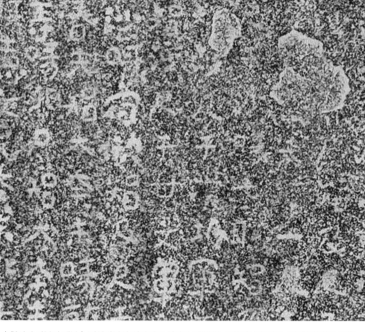

| **척경비 탁본의 세부** | 비화가야가 멸망하고 신라로 편입되는 과정을 증명하는 문화유산으로 진흥왕이 영토를 개척한 사실과 이때의 일이 기록되어 있다.

둥글넓적한 자연석에 글자도 잘 보이지 않아 미적으로는 별 감흥이 없는 비석이다. 그러나 그 상징성은 보통 큰 것이 아니다. 우리가 학교에서 배우기로는 진흥왕이 영토를 넓히고 그 위업을 기념하기 위해 북한산·마운령·황초령·창녕 4곳에 순수비(巡狩碑)를 세웠다고 했다.

그러나 막상 창녕에 오면 진흥왕 순수비라고 하지 않고 척경비(拓境碑)라고 쓰여 있는 것을 보면서 다소 의아해하곤 한다. 거기에는 나름의 이유가 있다. 이상하게도 『삼국사기』에는 진흥왕 순수비에 대한 기록이 나오지 않는다. 순수비란 비문 속에 들어 있는 '순수관경(巡狩管境)'이라는 말에서 따온 것이다. 창녕비의 내용은 진흥왕이 영토를 개척한 사실과 이때의 일을 기록해놓은 순수비임에 틀림없지만 비문에 순수관경이라는 표현이 없기 때문에 척경비라고 부르게 된 것이다.

총 27행에 행마다 많게는 27자, 적게는 18자를 써내려갔는데 총 643자의 글자 가운데 현재 400자 정도만 판독됐다. 다행히 첫 행에 신사년(561) 2월 1일에 세웠다는 것이 명확히 나타나 있고 비의 첫머리는 "내 어려서 나라를 이어받아 나랏일을 보필하는 준재들에게 맡겼는데(寡人幼年承基政委輔弼)"로 시작한다. 진흥왕이 7세에 왕위에 올랐다는 것과 일치하는 대목이다. 이때 진흥왕의 나이는 29세가 된다. 그리고 비문의 내용은 진흥왕이 42명의 신하를 거느리고 새로 점령한 창녕 지방을 돌아보았다는 내용과 함께 이때 수행한 이들의 관등과 이름이 모두 새겨져 있다.

본래 이 비는 이 자리에 있지 않았고 읍내에서 그리 멀지 않은 화왕산 기슭에 있었다. 1914년에 소풍 온 학생이 글자가 새겨져 있는 이 자연석을 발견해 신고했는데 마침 창녕의 고적을 조사하러 나온 인류학자 도리이 류조가 신라시대 비석이라는 사실을 확인함으로써 세상에 알려지게 되었고 금석학자들의 비문 해석으로 진흥왕 척경비임이 밝혀진 것이다.

그리고 10년 뒤인 1924년 지금 자리로 옮겨놓았다. 당시에는 방치된 문화재를 보호한다는 뜻이었던 모양인데 결국 진흥왕 척경비는 장소의 역사성을 잃었다. 반드시 원위치로 옮겨서 역사성을 담보하게 해야 한다. 나는 문화재청장이 되고 한참 뒤에야 이 사실을 알게 되어 원상 복구하는 작업을 제대로 추진하지 못했다. 그것이 못내 아쉬움으로 남는다.

술정리 삼층석탑

창녕읍은 읍내치고는 넓은 편이고 곳곳에 문화재가 즐비하여 이를 한나절에 다 답사한다는 것은 일정상 무리가 따른다. 그래서 대개는 술정리 동(東)삼층석탑에 들러보는 것으로 만족한다. 창녕 읍내 외곽, 농산물 집하장이 있던 넓은 공영 주차장에는 통일신라 삼층석탑 둘이 남아 있어 각기 동·서 자가 붙어 있다.

이 중 동삼층석탑은 진흥왕 척경비와 함께 일찍이 국보로 지정된 창녕의 자랑이다. 또한 갈항사 동삼층석탑, 불국사 석가탑과 함께 고전미의 3요소인 비례(proportion), 균형(symmetry), 조화(harmony)를 유감없이 보여주는 전형적인 삼층석탑의 하나로 꼽히고 있다.

술정리 동삼층석탑은 일찍부터 국보로 지정만 되었지 사실상 오랫동안 국보 대접을 받지 못했다. 골목길을 돌고 돌아 동네에 처박힌 형상이어서 관리도 소홀하고 아이들 놀이터도 되고 심지어 동네 사람들이 이부자리를 걸어 말리는 일도 있었다. 한 비구니 스님(법명 혜일)이 스스로 국보 지킴이를 자원해 이를 돌보면서 다소 나아졌다지만 워낙 주위 환경이 나빠 좋아진 태가 나지

| 술정리 **동삼층석탑** | 그 구조와 아름다움이 신라 왕경에 건립된 석탑과 비교할 만한 안정감과 정교함을 보여주고 있어 왕경 내 장인이 파견되어 직접 건립한 것으로 추정되고 있다.

않았다. 그래서 문화재청에서 창녕군이 주변 대지를 매입해 정비할 수 있게 조치했다.

　문화재청장에서 물러난 뒤 과연 생각대로 잘되었나 확인차 가보았는데 어찌나 잘 정비되었는지 가는 길을 잃을 정도였다. 큰 길가 멀리서도 탑이 훤하게 보였다. 탑 앞쪽으로는 창녕천이 시원스럽게 흐르고 있었다. 또 언젠가 가보니 동네 사람들도 기분 좋았는지 개울 한쪽에 컨테이너 박스 하나를 관리소로 삼아 유적을 보전하고 있었다. 그리고 그 옆에는 어린애 머리만 한 크기의 글씨로 '국보 제34호 관리사무소'라고 쓴 플래카드가 '웅장하게' 걸려 있었다. 2012년부터는 완벽한 공원으로 정비되어 답사객을 부르고 있다.

하병수 가옥과 아석헌

　창녕 읍내에는 이름난 고가가 여럿 있다. 그중 하나는 우리나라에서 가장 오래된 초가집인 '창녕 진양하씨 고택'(국가민속문화재 제10호), 일명 '술정리 하병수 가옥'이다. 이 집은 250년의 연륜을 자랑하니 그것만으로도 호기심이 생기는데, 집 앞에 당도하면 이 댁 분들의 깔끔한 집 관리에 우리의 눈과 마음이 기쁘다.『답사여행의 길잡이』경남편에는 이 집을 이렇게 소개하고 있다.

　집도 집이지만 하병수 가옥에서는 사람살이, 살림살이의 윤기

| 술정리 하병수 가옥 | 창녕 진양하씨 고택이다. 무려 250년의 연륜을 자랑하는 집이다.

가 느껴진다. 텃밭은 자그마하지만 고추, 가지, 상추 따위의 소소
한 푸성귀가 싱싱하고 안주인의 맵짠 손길이 닿은 장독대는 언제
가보아도 반들거린다. (…) 하병수 가옥은 다시 찾고 싶은 집이 아
니라 아무 욕심 없이 오래 머물러 살고 싶은 집이다.

　또 하나의 가옥은 석리에 있는 창녕성씨 고택인 아석헌(我石
軒)이다. 1850년대에 성규호 씨가 이 마을에 들어온 후 창녕성씨
집성촌이 형성되었는데, 그중 아석헌은 '튼ㅁ자형'으로 안채, 사
랑채, 곳간 2동, 대문채, 화장실 등 6채로 구성되어 있다. 한때는
30동이었다는데 한국전쟁 때 대부분 소실되었다고 한다. 아석헌

| **아석헌** | 석리에 있는 창녕성씨 고택이다. 후손들이 정성 들여 가꾸어 어느 때 가도 아름다운 한옥의 멋을 남김없이 보여준다.

은 특히 후손(영원무역 성기학 회장)이 정성으로 가꾸어 언제 어느때 가도 한옥의 멋을 남김없이 보여주어 창녕 답사 때면 빠짐없이 들러보게 된다.

화왕산성

창녕에는 이외에도 석빙고, 인양사 조성비 등 여러 유적들이 있다. 그중에서도 창녕 답사라면 화왕산 관룡사를 다녀와야 한다. 화왕산(757미터)은 창녕의 진산(鎭山)으로 '불뫼'라고 불렸다. 이 산이 화산이었는지는 확실히 알 수 없으나 정상은 제주도 기

| 화왕산 | 화왕산은 창녕의 진산으로 불뫼라고 불렸다. 움푹 파인 고원을 이루고 있으며 그 둘레에 쌓아 올린 화왕산성이 자리하고 있다.

생화산인 오름처럼 움푹 파인 고원을 이루고 있다. 마주 보는 두 봉우리가 바깥쪽은 깎아지른 벼랑이면서 안쪽은 삼태기 모양으로 펑퍼짐하게 퍼져나갔는데 여기에 둘레 약 2.7킬로미터의 산성을 쌓은 것이 화왕산성이다.

우리나라 산성이 대체로 산봉우리를 감싸는 테뫼식이거나 골짜기를 끼고 있는 포곡식인데 화왕산성은 그도 저도 아니어서 말안장 같다고 마안형(馬鞍形)이라고 부르기도 한다. 성벽 안팎은 똑같이 네모난 자연석과 다듬은 돌을 사용하여 사다리꼴 형태로 쌓아 올렸다. 동서로 성문을 두었으나 서문은 자취도 없고 동문만 형태를 유지하고 있다.

성을 쌓은 것이 언제부터인지는 확실치 않지만 전설로는 비화가야 시절로 올라가고 기록으로는 조선 태종 10년(1410) 경상도·전라도에 중요한 산성을 수축했다는 실록의 기록에 화왕산성이 나온다. 그리고『세종실록 지리지』에는 아주 구체적으로 기록되어 있다. 화왕산 석성은 둘레가 1,217보(步)이고 그 안에 샘이 아홉, 못이 셋 있으며 또 군창(軍倉)도 있었다.

전란에 대비해 쌓은 산성은 50년, 100년이 가도 한 번도 사용하지 않을 수 있다. 그래서인지 성종 때 편찬된『동국여지승람』에서는 "화왕산 고성은 석축 산성으로 둘레가 5,983척(尺)이나 지금은 폐성되었다"고 했다. 그러나 임진왜란 때 강화 교섭이 한창 진행되는 동안 전쟁은 소강상태였고, 일본군이 동래·울산·거제 등 해안에 장기 주둔하다가 교섭이 결렬되자 1597년 다시 쳐들어온 정유재란 때 화왕산성이 중요한 역할을 했다고 한다. 당시 경상좌도방어사로 있던 홍의장군 곽재우(郭再祐)는 밀양·영산·창녕·현풍 네 고을의 군사를 거느리고 화왕산성을 수축하고 왜군을 기다렸다가 대파했다.

그 뒤로 화왕산성은 다시 산성으로 사용된 일이 없고, 지금은 9개의 샘도 사라지고 무너진 석성의 잔편만 남았지만 역사의 유적이 되어 답사객과 등산객을 불러들이고 있다.

창녕조씨와 창녕성씨

화왕산 정상에는 아직도 억새밭 가운데 못 셋이 남아 있다. 그중에는 창녕조씨 득성 설화지(得姓 說話址)가 있는데 여기엔 1897년에 세운 비도 있다. 답사 때 나는 설화는 잘 소개하지 않는다. 그러나 창녕에 오면 누구나 창녕조(曺)씨와 창녕성(成)씨에 대해 궁금해하여 아는 대로 얘기하곤 한다.

신라 진평왕(재위 579~632년) 때 한림학사 이광옥의 딸 예향이 가 병을 고치기 위해 화왕산 정상의 못에서 목욕을 했는데 그 후 태기가 있었다. 그리고 '그 아이는 용의 아들로 겨드랑이 밑에 조(曺)자가 있을 것이다'라는 내용의 꿈을 꾸었다고 한다. 아이를 낳아보니 과연 그러했고 왕이 이 소문을 듣고 직접 불러서 확인한 후 성을 조씨, 이름을 계룡(繼龍)이라 부르게 했으며, 아이는 훗날 진평왕의 사위로 창녕부원군(昌寧府院君)에 봉해졌다. 그가 바로 창녕조씨의 시조이다. 이 득성 설화는 조선 영조 때 제작된 『여지도서(輿地圖書)』 「창녕조」와 『창녕조씨대동보』에 나온다.

그런데 창녕조씨와 창녕성씨는 성이 달라도 동본이어서 결혼이 힘들다는 속설이 의외로 널리 퍼져 있어 내 주변의 창녕조씨와 창녕성씨들은 모두 이렇게 알고 있다. 연원을 따지자면 창녕조씨는 주나라 문왕의 열두째 아들의 후손이고, 창녕성씨는 문왕의 일곱째 아들의 후손이라고 생각해 동본이라는 의식이 생긴 것으로 보인다. 창녕성씨는 고려 때 성인보(成仁輔)가 창녕에서 호

| **창녕조씨 득성 설화지** | 화왕산 정상에 오르면 억새밭 가운데 못 셋이 남아 있는데 그중 하나가 창녕조씨 득성 설화지로 1897년에 세운 비가 남아 있다.

장(戶長)을 지내며 그 자손들이 대대로 살아 본관으로 삼은 것으로, 시조의 묘소는 창녕군 대지면 맥산에 있다. 한편 창녕조(曺)씨의 경우 중국의 조(曹)씨와는 성자(姓字) 자체가 다르다. 아마도 예전부터 양가가 본이 같아 형제처럼 지내 서로 혼인을 시키지 말자는 약속을 했기 때문에 이런 전통이 내려오고 있는 것이 아닌가 생각된다.

화왕산 억새밭

나는 답삿길에 산행을 잘 하지 않는다. 그러나 화왕산만은 자주 오르는 편이다. 거기에 화왕산성이 있기 때문이라기보다 산길이 편하고 진달래와 억새가 아름답고 산 아래 들판을 내다보는 전망이 통쾌하기 때문이다. 한번은 진달래 피는 봄철, 사람들이 가장 많이 이용하는 최단거리 등산 코스를 따라가보았다. 창녕여자중학교에서 자하골을 거쳐 목마산성을 지나 화왕산성으로 올라가는데 경사가 급해 퍽이나 힘들었지만 영롱한 햇살에 빛나는 그 진달래의 아름다움이 지금도 잊히지 않는다.

본래 내가 즐겨 화왕산성에 오르는 길은 관룡산의 관룡사까지 차로 올라 거기서 용선대를 거쳐 화왕산 정상으로 건너가는 코스다. 그 길은 사뭇 발아래로 펼쳐지는 일망무제의 경관이 통쾌하기 때문이다.

어느 길로 오르든 화왕산성에 다다르면 정상의 드넓은 억새밭이 우리를 매료시킨다. 5만여 평 산상에 핀 억새밭의 풍광이라고 하면 굳이 내가 묘사하지 않아도 능히 상상이 가지 않겠는가.

9월 하순에서 10월 초가 되면 전국 각지에서 많은 갈대제와 억새 축제가 열린다. 억새 축제를 보면 강원도 정선군 남면 무릉리 민둥산에서 열리는 축제가 유명하다. 해발 1,119미터의 민둥산은 이름 그대로 산 전체가 둥그스름하게 끝없이 펼쳐진 광야와 같은 느낌을 주는데 가을이면 그곳 20만 평가량이 억새꽃으로 덮여 장관을 이룬다.

밀양 표충사가 있는 영남 알프스 재약산(1,119미터)의 해발 800미터 지점에 이르면, 약 12만 평이나 되는 고원인 '사자평'이

| 화왕산 억새밭 | 어느 길로 오르든 화왕산성에 다다르면 5만여 평 산상에 핀 억새밭의 풍광이 우리를 매료한다.

펼쳐진다. 이 사자평 억새밭은 워낙에 방대해 한쪽 끝에서 다른 편 끝까지 걸어가는 데 1시간 이상이 걸릴 정도다.

갈대제로는 전라도 순천만에서 열리는 것과, 지금은 없어졌지만 출판도시가 있는 경기도 파주시 교하의 갈대 축제가 유명했다. 전라남도 장흥군 천관산에서 열리는 억새제도 그 풍광이 다도해와 함께 어우러져 가히 환상적이다. 대체로 산에서 열리면 억새제, 습지에서 열리면 갈대제다. 실제로 두 식물의 식생이 그렇다.

억새와 갈대

그런데 화왕산에 오면 사람들은 이것이 갈대냐 억새냐를 놓고 설전을 벌이기도 한다. 눈에 보이는 것은 분명 억새인데 창녕군에서 가을이면 개최하는 축제 이름이 '화왕산 갈대제'이기 때문이다. 실제로 억새와 갈대는 비슷하여 구별이 쉽지 않다.

억새와 갈대는 모두 볏과 식물로 외형이 비슷해 보이지만 자세히 살피면 전혀 달라 억새는 억새고 갈대는 갈대다. 억새는 씨앗에 붙어 있는 털이 새하얀 은색으로 곱고 깨끗하다. 갈대의 씨앗에 붙어 있는 털은 고동색이고 부스스하고 지저분하다. 이 털 있는 부분이 억새나 갈대의 꽃처럼 보이는 데 사실 꽃이 아니라 씨앗이다. 바람이 불면 멀리 잘 날아갈 수 있도록 복슬복슬한 털이 씨앗에 붙어 있는 것이란다. 옛 유행가 가사에 "아, 으악새 슬피 우니 가을인가요"는 곧 억새(으악새)가 바람에 휘날리는 모습을 시적으로 표현한 것이다.

억새는 잎이 줄기와 마디를 감싸고 자라므로 마디가 없는 것처럼 보이고 가장자리에 강하고 날카로운 톱니가 있어서 손을 베이기도 한다. 이에 비해 갈대의 줄기는 대마디처럼 마디가 잘 보인다. 그래서 갈대다. 갈대 줄기는 쇠죽으로 끓여줄 수 있을 정도로 부드럽다. 억새의 키는 사람 키 정도로 1~2미터지만 갈대 키는 훨씬 커서 2~3미터까지 자란다. 억새는 건조하고 척박한 곳에서 잘 자라기 때문에 산이나 뭍에서 봤다면 대개 억새다. 갈대

| **억새(왼쪽)와 갈대(오른쪽)** | 억새는 억새고 갈대는 갈대다. 억새의 씨앗에 붙은 털은 새하얀 은색으로 곱고 깨끗하다. 반면 갈대의 씨앗에 붙은 털은 고동색이고 부스스하고 지저분하다.

는 습한 곳에서 잘 자라므로, 냇가나 습지에서 봤다면 갈대일 가능성이 크다.

그런데 화왕산 억새밭에서 열리는 축제에 갈대제라는 이름이 붙은 데에는 사연이 있다. 사실 우리가 '갈대의 순정' '생각하는 갈대'라고 말하는 것은 대개 억새를 보고 하는 말이다. 억새줄기는 가늘고 바람에 하늘하늘 날리지만 갈대는 줄기가 뻣뻣해서 바람에도 꿋꿋하게 잘 견딘다. 그러니까 '바람에 날리는 갈대처럼'은 사실은 '억새처럼'이 맞는다. 그렇다고 '여자의 마음은 억새와 같이'라고 하면 그 서정이 잘 살아나지 않을 것이다. 1971년 창녕군에서 처음 화왕산 억새밭 축제를 열면서 사람들의 마음을 끌기 위해 갈대제라고 이름을 붙인 것이다.

그렇다고 근거가 없는 것은 아니었다. 축제가 시작되는 창녕조씨 득성 설화지 부근은 산상의 습지이기 때문에 갈대가 일부 있기는 했다. 그것을 근거로 삼아 화왕산 갈대제가 되었는데 지금은 그 갈대들이 억새에 치여 하나도 남지 않았다. 빨리 이름을 바꿔야 우리 답사회원들이 싸우는 일도 없을 것 같다.

화왕산 억새밭에서는 2009년 2월 큰 사고가 있었다. 1995년 2월 24일 정월대보름부터 창녕군에서는 화왕산 억새 태우기 축제를 열었다. '큰불뫼'라는 이름의 화왕산(火旺山)에 걸맞은 축제를 만든 것이다. 실제로 그렇게 쥐불을 놓아야 억새가 더 강해지고 잘 자란다. 2000년부터 3년마다 열렸고 회를 거듭할수록 관광객이 많이 몰려왔는데, 2009년 대보름에 열린 제6회 때는 3만 명이나 모였다고 한다.

그런데 그해 억새가 오랜 가뭄으로 바싹 말라 불길이 걷잡을 수 없이 거세지고 갑자기 방향을 바꾸어 불어닥친 돌풍으로 관광객과 현장 공무원 7명이 사망하고 81명이 화상과 낙상을 입는 사건이 발생한 것이다. 피해가 심했던 곳은 배바위 부근이었다. 여기는 사진 찍기에 가장 좋은 위치로 어느 때에도 불길이 오지 않아 사람들이 많이 몰렸는데 그날 예상 밖의 돌풍이 이쪽으로 불어닥친 것이었다. 이 사고로 창녕군은 영원히 억새 태우기 축제를 중단했다.

| 관룡사 돌장승 | 여자 돌장승(왼쪽)은 마치 수수깡 안경을 쓴 것 같은 모습에 아주 조순한 인상을 주고, 남자(오른쪽)는 퉁방울눈에 입을 굳게 다물어 심통이 난 것 같다. 하나는 착하고, 하나는 화가 난 모습으로 정직한 민중의 심성을 읽을 수 있다.

관룡사와 석장승

화왕산이 명산으로 꼽히게 된 것은 관룡사(觀龍寺)라는 명찰이 있기 때문이다. 관룡사는 관룡산(754미터) 중턱, 정상이 멀리 올려다보이는 위치에 자리하고 있다. 절까지 오르는 길이 사뭇 구절양장의 오르막길인지라 10여 년 전만 해도 접근하기 힘들었다. 길이 있기는 했지만 포장도 엉성한 외길이어서 어쩌다 반대편에서 오는 차와 마주치면 비켜갈 곳을 찾지 못해 진땀을 빼곤 했다. 그러나 이제는 절 입구에 넓은 주차장까지 생겼다.

관룡사는 산중의 분지가 아니라 산비탈의 경사면을 경영하여 건물을 배치해 경내는 좁아 보인다. 그 대신 관룡사에서 위로 올려다보는 경관은 장엄하고 아래로 내려다보는 경관은 너무도 통쾌하다. 특히 관룡산 연봉(連峯)들은 마치 용의 등줄기처럼 강한 굴곡을 이루며 뻗어나가 햇살에 빛날 때면 아름다움을 넘어 영적인 분위기조차 느끼게 한다. 그 관룡산 영봉(靈峯)들이 가장 신령스럽게 보이는 자리에 관룡사가 자리 잡고 있다.

관룡사의 가람배치는 절 초입부터 다르다. 주차장에 당도하면 신우대가 울창해 산속의 깊이를 감추고 왼쪽으로는 찻길이, 오른쪽으로는 돌계단이 있어 이곳으로 느긋하게 오르면 홀연히 돌장승 한 쌍이 우리를 맞아주곤 했다. 장승은 대부분 나무로 세워 수명이 짧아 옛 모습 그대로를 보기 어려운데, 남원 실상사와 나주 불회사, 그리고 관룡사는 돌장승을 세워 원형을 간직하고 있다. 『벅수와 장승』이라는 불후의 명작을 남긴 고 김두하 선생은 돌장승 옆에 있는 풍화의 정도가 비슷한 당간지주에서 영조 49년(1773)에 세웠다는 명문(銘文)을 찾아내 그때 세운 것으로 추정했다.

돌장승의 모습은 절마다 다르다. 남원 실상사 돌장승은 금강역사(金剛力士)를 닮아 인상이 사납다. 나주 불회사 돌장승은 할머니·할아버지 모습을 하고 있어 더없이 따뜻한 온정이 느껴진다. 그런데 이 관룡사 돌장승은 이도 저도 아니고 여자는 마치 수수깡 안경을 쓴 것 같은 모습에 아주 조순한 인상을 주고, 남자는 퉁방울눈에 입을 굳게 다물어 심통이 난 것 같다. 장승이라는 형식을 갖추기 위해 둘 다 벙거지를 쓰고 있고, 콧잔등에는 주름이

두 줄로 나 있으며, 두 송곳니가 입술 밖으로 삐져나와 있다. 그러나 무서울 것도 없고, 귀여울 것도 없다. 하나는 착하고, 하나는 화가 나 있다. 해석하자면 정직한 민중의 표정이다. 그래서 조선시대 진짜 민중미술의 한 면모를 여기서 볼 수 있다.

관룡사의 가람배치

관룡사는 매우 가파른 산자락에 위치하여 절로 들어가는 진입로가 여느 절처럼 편하지 않다. 돌장승에서 절에 이르는 길은 사뭇 비탈길이다. 그러나 두어 굽이만 돌면 이내 가지런한 돌계단 위에 작은 돌문이 나오는데, 이것이 관룡사의 산문(山門)이다. 문이라고 해봐야 둥글넓적한 돌을 양쪽으로 쌓아 기둥으로 삼고 그 위에 장대석 두 장을 얹은 뒤 기와지붕을 올린 매우 작은 문이다.

돌문 양옆으로는 허튼돌로 마구 쌓은 담장이 낮게 뻗어 있어 여기부터 관룡사의 경내임을 암시한다. 이처럼 관룡사는 일주문을 생략하고 지형에 맞춰 독특한 산문을 세운 것이다. 산문에서 천왕문에 이르는 길도 여느 절과 다르다.

돌계단을 올라 산문 안으로 들어서면 낮은 돌담을 멀찍이 두고 길게 뻗어 있어 넉넉한 가운데 편안한 느낌을 받으며 경내로 들어간다. 돌장승에서 산문, 산문에서 천왕문에 이르는 이 진입로는 관룡사만의 멋이다.

천왕문으로 들어가 절마당에 당도하면 가지런한 축대 위에 레

| **관룡사 전경** | 관룡사는 산중의 분지가 아니라 산비탈의 경사면을 경영하여 건물을 배치해 경내는 좁아 보인다. 그 대신 관룡사에서 위로 올려다보는 경관은 장엄하고 아래로 내려다보는 경관은 너무도 정연하다.

벨을 달리하고 크기를 달리한 너덧 채의 건물이 조용히 자리 잡고 있다. 대웅전은 정면 세 칸의 작은 법당이지만 다포집의 화려한 공포장식과 추녀 끝을 한껏 추켜올린 팔작지붕의 날렵하면서도 화려한 맵시로 결코 작다는 느낌을 주지 않는다. 이에 반해 약사전·산신각 등 부속 건물은 얌전한 건축으로 아주 조촐한 느낌을 준다. 그런데 이 건물들이 저 멀리 관룡산의 아홉 봉우리와 절묘하게 호응하고 있어 절이 작거나 좁다는 느낌이 전혀 없다.

20여 년 전 서울건축학교 사람들과 여기에 왔을 때, 지금은 타계한 '말하는 건축가' 정기용은 칠성각 앞에 있는 샘에서 약수

| 관룡사 진입로 안쪽 | 가지런한 돌계단 위에 나오는 작은 돌문. 이것이 관룡사의 산문이고 돌문 양옆으로는 마구 쌓은 담장이 낮게 뻗어 있다.

한잔 시원히 들이켜고는 학생들에게 이렇게 설명했다.

"관룡사에서는 산사 경영의 슬기가 돋보입니다. 평지 사찰은 격식에 따라 배치하면 그만이지만 여기는 그럴 만한 공간이 없기 때문에 건물을 앉히기 매우 어려웠을 겁니다. 요새 사람이 지으면 아마도 포클레인으로 반반히 평지를 만들어놓고 시작했을 텐데 옛 분들은 주어진 지형을 그대로 끌어안으면서 배치했어요. 저 작은 건물들을 보세요. 층층이 높이를 달리하면서 서로가 서로를 비켜앉아 건축적 리듬감이 있죠. 관룡사는 평면보다 입면의 배치가 탁월한 절집입니다. 건축이란 기본적으로 땅에 대한 컨트

| 관룡사 대웅전 | 정면 세 칸의 작은 법당이지만 다포집의 화려한 공포장식과 추녀 끝을 한껏 추켜
올린 팔작지붕의 날렵하고 화려한 맵시로 결코 작다는 느낌을 주지 않는다.

롤에서 시작하는 것이지만 우리 전통 건축은 이처럼 컨트롤하지

않은(uncontrolled) 것처럼 보이는 중요한 특징을 갖고 있어요."

　그래서 관룡사는 속이 깊은 절집이라는 인상을 주는 것이다.

『관룡사 사적기』 등에 따르면 관룡사 대웅전은 숙종 38년(1712)

에 중건되고 영조 25년(1749)에 보수되었다.

용선대의 조망

관룡사는 절집에서 정상 쪽으로 500미터 위쪽에 있는 용선대(龍船臺)라는 벼랑에 통일신라시대 석조여래좌상이 있기 때문에 더욱 매력적인 사찰이다. 용선대 석조여래좌상은 전체 높이 3.18미터로 대좌(臺座)와 불상으로 구성되는데, 불상은 근엄하고 좌대는 제법 화려하다.

절집에서 늦은 걸음으로 약 25분 거리에 있어 누구나 가벼운 산행을 겸하여 이곳까지 오른다. 어쩌면 이곳에 오르기 위해 관룡사에 들르는지도 모른다. 용선대는 용의 등줄기 같은 저 관룡산의 화강암 줄기가 산자락을 타고 내리다 문득 멈춘 절벽이기 때문에 마치 용 모양의 뱃머리 같다고 해서 붙은 이름이다. 실제로 용선대에 오르면 그 아래로 펼쳐지는 전망이 뱃머리에서 보듯 장쾌하다. 벼랑에 세워진 불상 앞에서 둘러보면 발아래로 관룡사가 둥지에 포근히 깃든 것처럼 아늑해 보인다.

남쪽으로는 우리가 올라온 관룡산 계곡이 넓은 들판까지 길게 펼쳐지고, 불상 등 뒤로 올려다보면 화왕산 정상의 억새밭 민둥산이 느린 곡선을 그리며 한 굽이 돌아간다. 불상 앞은 바로 벼랑이어서 일찍이 예불드릴 수 있는 공간만 겨우 남겨놓고 긴 철봉으로 보호책을 쳐놓아 사람들은 철책에 기대어 불상을 바라보기도 하고 또는 철봉에 배를 의지하고 사방을 둘러보기도 한다.

그런데 몇 해 전 한 학생이 불상 앞 철책에 두 팔을 걸치고는 영화 「타이타닉」에서 디캐프리오가 뱃머리에 올라 두 팔로 날개를 펴는 장면을 연기해 보이는 것이었다. 용선대라 했으니 뱃머리에 해당하는 것일지니 한번 폼 잡아볼 만도 했다. 이후 우리 학생들은 이 불상을 '타이타닉 부처님'이라고 부른다.

용선대 불상에서 정상 쪽으로 바라보면 바로 위쪽에 또 다른 벼랑이 하나 서 있는 것이 보인다. 이 벼랑을 우리 답사회원들은 '효대'라고 부른다. 총무인 효형이가 올라가보는 대(臺)라는 뜻이다. 그는 어디를 가나 유적이 가장 잘 보이는 자리를 찾아 그 유적이 갖는 장소성(site)을 살펴보고, 또 거기서 사진을 찍고는 한다.

그런 곳을 우리 답사회원들은 효대라고 불렀고, 전국 답사처에는 효대가 20여 곳 있다. 용선대 효대에서 석조여래좌상을 근경으로 삼고 화왕산 한 바퀴를 원경으로 조망하면 여태껏 우리가 보았던 것은 예고편에 불과한 것이 된다. 이 신비롭고 성스럽고 장엄한 경관을 위해 무르팍으로 비비며 벼랑에 올라온 발품이 조금도 아깝지 않다. 대개 우리는 효대에서 서산으로 해가 넘어가 땅거미가 내릴 때가 되어야 다시 관룡사로 하산하곤 했다.

| '타이타닉 부처님' | 관룡사 절집에서 정상 쪽으로 500미터 위쪽에 있는 용선대라는 벼랑에 통일신라시대 석조여래좌상이 있다. 용선대라 했으니 뱃머리에 해당한다. 우리 학생들은 이 불상에 '타이타닉 부처님'이라는 애칭을 붙였다.

| 용선대 석조여래좌상 | 전체 높이 3.8미터로 좌대와 불상으로 구성되는데 불상은 근엄하고 좌대는 제법 화려하다. 좌대 중대석에 새겨진 명문을 발견해 8세기 초 석굴암 이전에 조성한 것으로 확인했다.

창녕 유리 고인돌

지난번 창녕 답사 때 나는 이도 저도 아니고 장마면의 유리 고인돌로 향했다. 유리 고인돌은 내 경험상 우리나라 남방식 고인돌 중에서 가장 믿음직하게 생겼다. 여기에는 본래 7기가 있었다지만 다 없어지고 오직 한 기만 언덕바지에 빈 하늘을 배경으로 버티듯 서 있어 좀 외로워 보이긴 해도 오히려 홀로 우뚝한 데서 장중한 기품이 느껴진다.

높이는 사람 키보다 훨씬 큰 2.5미터고 폭이 5미터가 넘으니 수치만으로도 장대함을 알 수 있을 것인데 생김새가 꼭 메줏덩이 같아서 아주 듬직하고 순박한 인상을 준다. 그냥 자연석을 올려놓은 것이 아니라 바둑판 발처럼 낮은 받침을 고였다. 그 받침돌로 인하여 설치 조형물로서 고인돌의 의미가 진하게 다가온다. 그것이 바로 예술이다.

2009년 5월, 노무현 대통령이 서거하자 유족과 장의위원회에서 내게 고인의 비석과 안장 시설을 맡아달라고 의뢰해왔을 때 내 머릿속에 떠오른 것은 이 유리 고인돌이었다. 저 메줏덩이 같은 고인돌 하나 얹어놓고 '대통령 노무현' 6자만 새기면 된다고 생각했다. 그러나 이렇게 생긴 자연석을 구하기 쉽지 않아 설계를 맡은 건축가 승효상은 메줏덩이처럼 생긴 고인돌 대신 둥글넓적 맷방석만 한 너럭바위로 대신했다.

그런데 다시 보아도 유리 고인돌은 고 노무현 대통령의 이미

| 유리 고인돌 | 유리 고인돌은 우리나라 남방식 고인돌 중에서 가장 믿음직하게 생겼다. 홀로 우뚝한 데서 장중한 기품이 느껴진다.

지와 잘 맞는다. 메줏덩이 같던 순박한 심성과 언덕바지에 외로이 우뚝 선 그 당당한 모습이 절로 고인의 이미지를 연상케 한다. 그분이 아니라 해도 저 유리 고인돌 같은 인생을 산 사람이라면 뭇 사람의 사랑을 받는 훌륭한 분임에 틀림없을 것이라는 생각에서 나는 유리 고인돌에 존경의 마음을 보낸다.

이미지 출처

사진 제공

경주시 관광자원 영상이미지	116, 244면
경주시청	136, 148, 250면
경주신문	257면
경향신문	280면
국립가야문화재연구소	260, 278, 281~82면
국립경주문화재연구소	208, 209, 214, 215~16, 221~22면
국립경주박물관	131, 134(1,2,4번), 137, 143, 144(오른쪽), 166, 171, 177, 199, 217, 224(2,4번), 229(1번), 230~31, 236(1,2번), 237(4,6번)면
국립문화재연구원	127(1,2,4번), 138, 156, 158, 217, 288면
국립부여박물관	36면
국립생물자원관	299면
국립중앙도서관	140, 182면
국립중앙박물관	38, 58, 107, 127, 129, 143, 144(왼쪽), 163, 164(2번), 166(1,3번), 169, 173, 175, 178, 188~90, 224(1번), 229(3번), 232, 234(오른쪽), 236(3번), 237(5번), 285면
김욱(지도)	113면
눌와	58, 133(3번), 200, 230~31, 247, 265면
문화재청	9~10, 24(2,3번), 26, 37, 40~41, 47, 49~50, 57, 63, 108, 153, 160, 164(1번), 217, 224(3번), 226, 229, 234, 243, 251, 267, 290~91, 295면
문화체육관광부	61, 114면
백제세계유산센터	67면
부여군	19, 84(동매 세부), 91~92, 104면
부여문화원	12, 17, 23, 44, 67, 69~70, 79, 84, 100면
신나라(일러스트)	118, 120, 262면
조선일보	123면
크라우드픽	67(1번), 284, 292면
한국저작권위원회	68면
한국학중앙연구원	29, 67(2번)면
홍주연	130면

국토박물관 순례 2

백제, 신라 그리고 비화가야

초판 1쇄 발행 2023년 11월 20일

지은이 / 유홍준
펴낸이 / 염종선
책임편집 / 박주용 김새롬
디자인 / 디자인 비따 김지선 노혜지
펴낸곳 / (주)창비
등록 / 1986년 8월 5일 제85호
주소 / 10881 경기도 파주시 회동길 184
전화 / 031-955-3333
팩시밀리 / 영업 031-955-3399 편집 031-955-3400
홈페이지 / www.changbi.com
전자우편 / nonfic@changbi.com